Vida

David ANGÈLE-DINIZ

Vida

roman

Édition : BoD · Books on Demand, 31 avenue Saint-Rémy, 57600 Forbach, bod@bod.fr
Impression : Libri Plureos GmbH, Friedensallee 273, 22763 Hamburg (Allemagne)
Couverture et illustrations : ANGÈLE-DINIZ, David

ISBN : 978-2-3225-7290-8
Dépôt légal : Mars 2025

À la femme de ma vie, et à notre merveilleuse fille.
Mon cœur est empli d'amour pour vous.

Un jour, avec le recul,
les années de lutte t'apparaîtront comme les plus belles.

Sigmund Freud

Le monde dans lequel l'homme est né est un monde brutal et cruel,
et en même temps d'une divine beauté.

Carl Gustav Jung

Table des matières

Usque ad inferos

Quand il reprend peu à peu connaissance, son esprit embrouillé comme au lendemain d'une grosse cuite, sa tête est lourde et roule dans un lent va-et-vient sur le sol carrelé, dur et inconfortable dont il peut sentir les aspérités. Un fourmillement parcourt tout son corps anesthésié qui répond péniblement à ses volontés de mouvement. Tous ses membres semblent n'être faits que de coton. Allongé sur le côté, David replie d'abord ses deux jambes vers lui avant de pivoter sur le dos. Il entrouvre la bouche, puis la referme. Elle est pâteuse, il a soif et un goût de médicament dont sa langue est chargée lui donne la nausée.

Lorsqu'il parvient enfin à entrouvrir les yeux, la tête renversée en arrière, il distingue la lumière blafarde typique d'un ciel hivernal à travers deux étroites fenêtres rectangulaires, encastrées dans la partie haute du mur qui se dresse au-dessus de lui. Malgré sa faible intensité, le halo qui émane de ces deux ouvertures horizontales l'aveugle et fait instantanément naître un vif élancement dans ses tempes, le contraignant à refermer ses paupières en grimaçant de douleur.

Au prix d'efforts incommensurables, David parvient à se redresser. Il reste assis au sol, les coudes posés sur ses genoux et scrute les alentours. Où est-il ?

Avant même que le décor ne finisse de s'assembler devant ses yeux endoloris, l'odeur lui apporte un élément de réponse : à ne pas s'y tromper, ça pue… ça pue la pisse ! La pisse acide et la merde. Devant lui, le puzzle se constitue : des lavabos noirs de crasse et démolis, des miroirs recouverts de graffitis – de telle manière qu'il serait vain de chercher à se reluquer ne serait-ce qu'une narine –, des murs d'une saleté absolue, tapissés de flyers, de tags, de dessins de verges plus ou moins réussis, de 06, de déclarations d'amour à sens unique, d'insultes et d'invitations à partager des pratiques sexuelles en tout genre…

Des chiottes ! Des putains de chiottes publiques dégueulasses ! Mais comment diable a-t-il bien pu atterrir ici ? Et pourquoi y était-il inconscient ?

À l'aide de ses paumes, il se frotte les yeux, et d'un mouvement contrôlé, se redresse tout en se tenant à l'un des lavabos dont la céramique craque et menace de s'effondrer sous son poids.

Il frissonne. Sous son large manteau d'hiver, il peut ressentir la morsure du froid sur sa peau. Sa frêle carrure ne lui a jamais franchement permis d'être bien armé contre de telles températures. Aujourd'hui encore, à 25 printemps.

Dans l'espoir de se remémorer les événements qui auraient pu le conduire dans ce lieu répugnant, il cherche dans ses souvenirs de la veille… Rien… Il secoue la tête, cherchant à dissiper la brume qui obstrue ses pensées, se concentre plus avant et passe rapidement sa vie en revue. Il constate qu'il n'en a absolument rien oublié, ni de son passé, ni de ses parents avec qui il vit, à Paris, et certainement pas de sa pauvre mère et sa maladie.

En revanche, pour ce qui est de savoir ce qu'il fout là, c'est le trou noir.

Face à lui, les cabines de toilettes lui offrent un spectacle qui parachève ce chef d'œuvre d'immondice. D'où il se trouve, il peut distinguer le sol brillant, jonché de papier hygiénique imprégné d'un liquide qu'on devine ne pas être de l'eau. L'une des portes ne tenant plus que par l'un de ses gonds dévoile une cuve dépourvue de lunette et striée de traînées jaunes et noires. Pour un peu, on pourrait croire que Candyman[1] est sur le point d'en sortir !

« Il est grand temps de foutre le camp », pense David. Avec un peu de chance, l'air frais dehors lui permettra de remettre de l'ordre dans ses souvenirs.

Il pousse la porte métallique, rugueuse et collante sous ses doigts, qui émet un grincement en s'ouvrant, puis débouche sur un escalier extérieur en béton blanc, constitué d'une petite dizaine de marches qui le mènent à la surface. Que pouvait-il bien fabriquer dans ces chiottes infâmes ?

---

[1] Film d'horreur – *Bernard Rose*, 1992

Tout alentour, de grandes barres d'immeubles, hautes de plusieurs étages, se dressent et se croisent les unes avec les autres, véritable enchevêtrement de bitume aussi gris que le ciel qui s'étale à ne plus en finir. Un quartier qui ne lui est pas familier, probablement en banlieue. Il pressent déjà qu'il va devoir s'armer de patience pour pouvoir regagner son domicile. En bon citadin, et jeune de son époque, son premier réflexe est d'attraper son smartphone afin d'activer le GPS, de découvrir enfin où il a atterri et le temps qu'il va lui falloir pour rentrer.

Mais à sa grande stupéfaction, là où se trouve habituellement sa sacoche, au niveau de sa hanche, il n'y a plus que le vide… Par réflexe, il tâte rapidement tout autour de sa taille, dans l'espoir d'en rencontrer le cuir et de pouvoir souffler de soulagement, mais en vain. Adieu argent, papiers, smartphone… envolés. Lui qui d'habitude est si soigneux, son attention ne quittant jamais complètement cette sacoche qui contient toute sa vie… Même l'esprit embué par l'alcool, il lui reste toujours une once de vigilance qui sait exactement où elle est posée les rares fois où l'anse quitte son épaule. Décidément, la soirée de la veille a vraiment dû sortir de l'ordinaire, et ne s'est visiblement pas déroulée pour le mieux.

Qu'à cela ne tienne ! David décide de se mettre en route, les panneaux directionnels finiront bien par le mener à bon port.

D'un pas lent mais décidé, il se met en route et constate que son corps semble recouvrer petit à petit ses forces, malgré un engourdissement persistant dans ses membres et un désagréable tiraillement sur ses avant-bras. Et ce goût de médoc dans la bouche qui s'accroche… « Vivement un bon p'tit dèj et un brossage de dents », songe-t-il. Il n'a aucune idée de l'heure qu'il peut être. Les alentours sont d'un calme rare, aucun autre passant en vue. On doit certaine-ment être un dimanche matin, de bonne heure, tout le monde dort sans doute encore, paisiblement au chaud. Par chance, il n'aura pas à affronter les regards curieux des gens du quartier, se demandant ce que peut bien fabriquer ce jeune homme inconnu à l'air ahuri et pommé.

Il s'enfonce dans les rues pâles, les mains enfouies dans les poches, la tête dans les épaules et, après quelques minutes de marche sans croiser âme qui vive, il aperçoit au loin le périph' surplombant le pay-sage urbain. Un panneau face à lui indique Porte de la Chapelle. Il se trouve donc en banlieue nord. La pression redescend d'un cran, seule une petite heure de marche le sépare du domicile de ses parents, dans le quartier de Jaurès, dans le 19ème arrondissement de la capitale.

De pulchritudine mundi

Il s'engouffre sous le périph', cette frontière qui sépare Paris intra-muros de la « jungle », nom qu'il attribue avec une pointe d'insolence à la banlieue, qu'elle fasse partie de la petite couronne ou non. Le bitume constituant le dessous du pont est noirci par les pots d'échappement, constellé de fiente de pigeon, sous forme de tâches et coulures blanches qui terminent leur course sur le trottoir en contrebas, parmi les canettes écrasées, les feuilles de journal et sacs de couchage à moitié déchiquetés, abandonnés là par un SDF. Ce décor le ramène invariablement au film L'Armée des douze singes[2] : la ville blanche et froide, la pollution, la saleté, la condensation qui s'échappe des bouches d'égout, les murs placardés d'un entrelac d'affiches déchirées… les vagabonds en guenilles dont on peut aisément imaginer l'odeur… la misère et la souffrance, dans l'indifférence générale.

David retrouve ses repères et emprunte désormais la rue Marx Dormoy qui devrait le mener droit vers la station de métro La Chapelle. Un apaisant sentiment

---

[2] Film de science-fiction – *Terry Gilliam*, 1995

de sécurité se diffuse en lui, il reconnaît les lieux, Paris c'est chez lui. Chaque fois qu'il la quitte et qu'il y revient, ce même sentiment le gagne. Comme lorsque, gamin, il perdait de vue son père, au beau milieu du zoo de Vincennes, puis le retrouvait après avoir été assailli par la panique. Courir d'interminables minutes en croisant d'innombrables visages inconnus le scrutant de haut, se sentir perdu, abandonné, voir défiler des pensées angoissantes à toute allure, s'imaginer éloigné à tout jamais de sa famille, et puis au détour d'une allée, retrouver la barbe fournie et noire, les épaules carrées couverte d'un blouson de cuir, le soulagement, le familier, la chaleur d'un père…

Ses souvenirs s'enchaînent. La météo du jour lui rappelle les fêtes de fin d'années. Il se souvient de la joie qu'il avait ressentie lorsqu'enfant, il s'était rendu dans un centre commercial avec son père, au premier soir des vacances, alors qu'il faisait aussi froid et gris. Le contraste lui avait fait du bien. L'ambiance chaleureuse et festive des boutiques, décorées pour l'occasion, toutes ces lumières… L'excitation de l'approche de Noël était palpable parmi la foule, surtout parmi les plus jeunes. Se laissant porter par l'escalator, il observait avec émerveillement tout ce mouvement autour de lui et laissant un sentiment de paix l'envahir peu à peu. Deux semaines de tranquillité et d'oisiveté s'ouvraient devant lui, avec en prime, la magie des fêtes.

Tout en arpentant les trottoirs garnis de platanes dénudés par l'hiver, il observe du coin de l'œil son reflet dans les vitrines des boutiques closes qui se succèdent les unes aux autres : vendeurs de kebabs, taxiphones, réparateurs de téléphones et appareils électroménagers. Il peut y apercevoir son crâne rasé, son teint pâle, ses yeux cernés et sa silhouette chétive, noyée dans des vêtements qu'il choisit souvent trop larges.

Il sourit légèrement, réfrénant un éclat de rire, lorsqu'il se rend compte que son frère n'a finalement pas complètement tort en comparant sa démarche à la fois bondissante et nonchalante à celle de la Panthère rose. Son buste droit, ses longues enjambées et ses genoux fléchissant de manière exagérée à chaque pas, sans parler des guiboles longilignes, ont tout du félin anthropomorphe.

Arrivé à la croisée de la rue Marx Dormoy et du boulevard de La Chapelle, la station de métro du même nom apparaît enfin. David sait qu'il ne lui reste plus qu'à suivre le tronçon aérien de la ligne 2 pour rejoindre son quartier.

Mais à peine a-t-il entamé quelques mètres sur cette dernière ligne droite qu'une inquiétude, tapie dans un recoin de son esprit depuis qu'il a quitté le sous-sol ignoble duquel il s'est extirpé à son réveil, s'intensifie et le pousse à faire preuve de réalisme : quelque chose ne tourne pas rond !

Autant l'absence de personnes dans cette jungle urbaine qu'est la banlieue pouvait lui paraître suspecte, encore que tout à fait concevable, qui plus est à cette heure vraisemblablement matinale ; autant depuis qu'il a pénétré les entrailles de Paname et à mesure qu'il traverse les quartiers populaires du nord, cette situation se trouve être complètement irréelle ! Les rues sont mortes, vides, aussi bien de passants que de véhicules, pas même l'ombre d'un pigeon. Un silence pesant règne en maître sur la ville, il est seul. Complètement seul.

Il aurait bien pu s'en rendre compte immédiatement. S'il y a bien une chose qui l'horripile plus que tout dans cette ville pourtant si chère à son cœur, c'est que dans le moindre boulevard, la moindre rue, la moindre ruelle ou impasse, même la plus reculée, à toute heure de la journée et de la nuit, on ne peut jamais être totalement tranquille. Que ce soit pour se retirer une crotte de nez, se gratter un testicule ou se délester d'une pisse pressante, il y aura toujours un témoin indésirable : un chinois exécutant des mouvements de tai-chi à 4h45 du matin avec autant de vélocité qu'un paresseux ; un quarantenaire promenant un chihuahua énergique et grincheux à 5h30 ; une lycéenne aux yeux injectés de sang marchant d'un pas décidé à 8h00 ; à 15h00, un couple d'amis retraités scrutant le haut des bâtiments, mains jointes derrière le dos, comme de fins connaisseurs d'architecture qui n'auraient plus que ça à faire pour tuer le temps... des personnages aussi improbables que les lieux dans lesquels ont les y trouve, à tel point que David pense parfois qu'ils ont été placés là, tels des pions sur un échiquier, par un observateur extérieur dont le seul but est de lui compliquer l'existence. Juste pour le fun.

Après plusieurs minutes d'immobilisme, le temps de reprendre ses esprits et d'y ancrer cette évidence, il décide de reprendre sa route. Le clou est enfoncé lorsqu'il constate que même le métro ne passe pas. Là où habituellement les gros vers métalliques faisaient crisser leurs roues d'acier sur les rails électrifiés, crachant des gerbes d'étincelles à chaque virage, dans un vacarme assourdissant, il n'y a que vide et silence, souvent signes avant-coureurs d'emmerdes imminentes lorsqu'on les trouve où on ne les y attend pas.

L'angoisse le gagne, lui étreint la gorge, il hâte le pas. Il n'entend plus que le bruit de ses baskets sur l'asphalte qui semble se répercuter sur les façades grises des immeubles et résonner dans la ville entière.

Aucun danger n'est en vue, la menace lui paraît pourtant omniprésente. Son esprit s'affole. Qu'est-ce qu'il se passe ? D'abord le réveil, on ne peut plus étrange, dans ce lieu inconnu, loin de chez lui, l'absence de souvenirs, la disparition de sa sacoche, et maintenant, ça ! Où est tout le monde ?

À cette question, l'image de ses parents surgit soudain à son esprit, et se recentre plus particulièrement sur celle qui a le plus besoin de lui : sa mère.

Lorsqu'il n'était alors qu'un gamin, à l'âge de 9 ans, David avait été placé, comme son frère et ses trois sœurs, dans un foyer de l'assistance publique.

Une mère dépressive avec cinq jeunes enfants, ça ne passe pas inaperçu.

Leur aspect crasseux et leurs évidentes carences éducatives avaient d'abord mis la puce à l'oreille des différents instituteurs, qui étaient sans doute à l'origine des premiers signalements auprès des services de protection de l'enfance. Les voisins, témoins des cris et pleurs qui emplissaient leur appartement à toute heure du jour et de la nuit avaient dû, en toute légitimité, prendre la relève.

D'un côté, des gamins désobéissants, exigeants, laissant exploser leurs émotions face à la moindre contrariété ; de l'autre une mère obsédée par la peur de l'abandon, de la trahison, à un niveau tel qu'elle en avait développé une jalousie maladive envers son mari, laquelle la fit sombrer dans une profonde dépression.

Les services sociaux avaient bien, dans un premier temps, tenté l'action éducative en milieu ouvert. Les travailleurs sociaux effectuaient des visites à domicile régulières, évaluaient la situation, essayaient de faire prendre conscience à la mère qu'il était primordial qu'elle reprenne sa vie en main, qu'elle accepte de se faire aider afin d'être en mesure d'apporter à ses enfants le bien-être matériel et affectif qui leur était nécessaire. Mais rien n'y faisait. Sa dépression était telle qu'elle ne quittait plus les quatre murs de l'appartement, refusant catégoriquement toute aide.

Leur père, de son côté, bossait de longues journées durant, dans le but de gagner l'unique salaire du foyer familial, qui suffisait à peine à nourrir toutes ces bouches. Il rentrait épuisé et devait affronter, à peine le seuil de la porte franchi, des torrents d'accusations infondées, des scènes de jalousie, qui se transformaient parfois en violentes disputes, sous les yeux pleins d'incompréhension des cinq gosses.

Le magistrat en charge du dossier, face à l'absence d'améliorations notables, décida qu'il était temps de mettre les enfants sous protection, en les plaçant dans des foyers de l'assistance publique. Chacun le sien. Hormis les deux frangins, tous les enfants furent séparés et ne se retrouvaient que pendant les week-ends et vacances scolaires, chez leurs parents.

Six longues années plus tard, David, alors âgé de 15 ans, en était sorti avec la ferme intention de profiter de la liberté que lui conférerait le retour au domicile parental. Malgré les forts liens d'amitié qu'il avait tissés avec d'autres jeunes du foyer, retourner chez ses parents avait constitué son objectif depuis le jour où il en avait été arraché.

À la maison, la situation ne s'était pas améliorée, au contraire, et la dépression de sa mère avait creusé son sillon plus profondément dans les méandres des maladies mentales pour déboucher sur une schizophrénie à tendance paranoïaque. Une pathologie qui n'avait d'exotique que le nom et qui la faisait alterner d'une personnalité à une autre au gré des traitements expérimentés par les psychiatres. Les internements se succédaient et, entre deux – faute de lits, de moyens, de temps – dès qu'un semblant de mieux se profilait, elle retournait chez les siens où elle leur en faisait voir de toutes les couleurs. Entre les soins à prodiguer, qui demandaient patience, rigueur et coordination, il fallait gérer les crises, au cours desquelles elle devenait hyperactive et violente, fuguant du domicile en pleine nuit pour être raccompagnée par la police quelques heures plus tard, après avoir erré seule dans les rues de Paris.

La santé mentale allant souvent de pair avec celle du corps, il fallait par-dessus le marché composer avec l'obésité, les problèmes cardiaques et un diabète que son appétit, décuplé par la prise des psychotropes, rendait néfaste.

David épaulait son père du mieux qu'il le pouvait, et chacun jonglait, sur le fil du rasoir, entre les soins et l'attention quasi constantes, et ses obligations professionnelles ou scolaires.

Dix interminables années passèrent, des années de lutte, de peines et de douleurs, et David entra dans la vie active sans jamais avoir vraiment goûté aux plaisirs, à la légèreté et à l'indolence de la jeunesse. Après son premier objectif qui avait été de regagner le domicile familial, son nouvel objectif de vie était clair : il voulait plus que tout au monde que sa mère cesse de souffrir.

Le bac en poche, et après de courtes études supérieures, pleines de doutes, de questionnements et de changements de cap, il avait décroché un premier job. Lorsque sa journée de travail se terminait, d'autres nombreuses tâches l'attendaient, consistant à répartir les cachets dans un pilulier, à préparer les piqûres d'insuline, rassurer sa mère du mieux qu'il le pouvait dans ses délires de persécution – souvent en vain –, répondre à ses innombrables questions, toutes aussi absurdes les unes que les autres, posées en boucle, et inlassablement sur le même ton, nettoyer la pisse sur le sol de sa chambre, parfois au beau milieu de la nuit, lorsqu'il ne fallait pas lui rendre visite dans un lugubre hôpital psychiatrique.

Il était toujours présent, lui prodiguant des soins, une écoute attentive, et l'affection dont elle avait besoin – mais ça, il ne s'en plaignait pas. En donnant de son énergie, de son temps et de son amour, il en recevait tout autant, même s'il n'était jamais verbalisé. Son visage qui rayonnait lorsqu'il apparaissait dans son champ de vision, sa manière d'appeler son prénom, son sourire… Ces petites récompenses lui suffisaient amplement.

Voilà à quoi ressemblait son quotidien depuis quelque temps. Mais dans l'immédiat, l'imaginer seule, abandonnée, dans l'incompréhension la plus totale lui est insupportable. Pas une seule seconde il ne lui vient à l'esprit que si la totalité de l'humanité semble avoir disparu de la surface du globe, il en va très probablement de même pour sa mère. Il ne pense plus qu'à elle, à sa tristesse, à ses larmes, il veut la serrer dans ses bras, la consoler. Alors, ignorant le sentiment de danger qui l'avait assailli peu de temps auparavant, il se lance à toutes jambes en direction de chez lui, où il espère la retrouver.

Le trajet est plus long qu'il ne l'avait imaginé et le froid commence à lui brûler la gorge et lui assécher la bouche. Il s'octroie un petit arrêt, posant ses mains sur ses genoux, le dos courbé, reprenant péniblement son souffle. Son torse est moite, il sent la transpiration fraîche qui imbibe son t-shirt, il a chaud et crache un épais nuage de condensation à chaque expiration. La rotonde de la place Stalingrad l'observe sur son côté gauche et les rails du métro aérien poursuivent leur course jusqu'à la prochaine station. C'est ici que leurs chemins se séparent. Il n'est plus qu'à une centaine de mètres de sa destination.

L'avenue Jean Jaurès lui ouvre les bras, large et lumineuse, il la connaît comme le fond de ses poches dont il caresse la doublure frénétiquement pendant tous ses déplacements pédestres. Il avance, sentant les battements de son cœur s'intensifier, se demandant ce qu'il trouvera, ou plutôt ne trouvera pas chez ses parents, quand, d'une seconde à l'autre, le temps se transforme sous ses yeux : le ciel pâle laisse place au bleu azur, le froid rude et sec cède à une douce chaleur qui se propage partout, sur lui, ses vêtements, l'asphalte et les façades. Un soleil éblouissant brille intensément au-dessus de lui, se reflétant sur les fenêtres des hauts immeubles de l'avenue. Un décor digne d'une ville américaine, symbole de promesses, d'avenir radieux et de rêves à accomplir. C'est ce que lui inspire l'avenue depuis qu'il est tout gamin, chaque fois qu'il l'observe du haut de son HLM et que le temps s'y prête. Un ciel bleu, quelques immeubles parisiens faisant office de gratte-ciels, le tout baigné d'un son hip-hop ou du générique d'une série des années 1980, et le voilà transporté sur la *West Coast*.

À l'instar du changement qui s'opère à l'extérieur, son état d'âme se métamorphose, le transporte instantanément, l'enivre, un regain de courage, de confiance et de paix intérieure mêlés prend doucement possession de son être. Un état qui surgit souvent de manière spontanée, mais qu'il parvient de rares fois à invoquer consciemment, par le simple mélange de musique, d'odeurs, de souvenirs, d'un soupçon de rêve et de futurs possibles. Ses extases laïques, comme il aime à les appeler.

Il tourne légèrement la tête vers la droite, et s'aperçoit qu'il se trouve à hauteur de son immeuble. Le curseur chute, il retrouve son état normal, tout en conservant sa sérénité. Il traverse l'avenue, d'ordinaire si bruyante, sans quitter le portail de la résidence des yeux. Il hésite, tout juste une poignée de secondes, et entre. Escalier 2.

Le suspense est de courte durée. À peine a-t-il franchi la porte donnant accès à la cage d'escalier qu'il ne peut que constater l'étrangeté du décor qui s'offre à ses yeux. L'immeuble semble avoir fait l'objet de travaux inachevés, abandonnés et laissés en l'état, ou avoir été la cible d'une bombe qui aurait soufflé la moitié des murs. De longues bâches de plastique transparent tentent de les recouvrir sur toute leur hauteur, doucement soulevées par le passage d'une légère brise, frayant son chemin par les ouvertures béantes. Les marches sont couvertes de gravas, de tôle et de planches de bois maladroitement superposées et supposées faciliter l'ascension, sans y parvenir.

David entame son avancée. Cinq étages à grimper. L'affaire n'est pas mince, il tente de se frayer un chemin entre les poutres de bois lui barrant le passage, prenant soin de poser son pied d'appui sur un endroit stable, sans quoi il risquerait de dégringoler un étage plus bas. La cage d'ascenseur n'est pas en reste dans tout ce chantier. Dépourvue de portes, elle s'ouvre dans toute sa verticalité, laissant apparaître des cloisons recouvertes des mêmes bâches plastique que les murs, quadrillées de larges bandes de ruban adhésif marron et ponctuées par intervalles réguliers de lampes à la lueur jaunâtre et aveuglante à la fois.

David peine à l'admettre – il s'en est pourtant rappelé instantanément – mais cette scène ne lui est pas inconnue. Ce n'était pas dans la vie réelle, non, mais bien dans un rêve. Le genre de rêve tellement long, riche de détails et lourd d'émotions qu'il marque la mémoire au fer rouge, plus profondément encore que ne l'aurait fait un souvenir reposant sur des événements passés.

À tel point qu'il sait, sans le moindre doute, ce qui l'attend dans l'appartement de ses parents : le vide. Personne pour l'accueillir. Un appartement vide de monde, et pourtant empli des vestiges d'un quotidien familial agité : une table encombrée des restes d'un repas non débarrassé, des assiettes, parfois à moitié pleines, des bouteilles de sodas, toutes entamées – certaines quasiment terminées, à l'exception d'un dernier fond que jamais personne ne se décidera à boire –, et plus de verres que la famille ne compte de membres ; un étendoir sur lequel repose du linge encore humide, diffusant un doux et rassurant parfum de lessive ; la fenêtre de la cuisine ouverte, certainement dans le but de chasser les odeurs de graillon, les rideaux dansant légèrement, imitant le mouvement des bâches de plastique ; et le soleil pénétrant par chacune des fenêtres de cet appartement en enfilade – toutes donnant sur l'avenue –, déposant son reflet sur le sol et les meubles, ajoutant une note ironique à ce spectacle qui éveil en lui à la fois angoisse et tendresse.

Machinalement, et tout en sachant pertinemment que rien d'inattendu ne s'y trouvera, David se dirige vers le fond de l'appartement, vers la chambre de sa mère, comme il l'avait fait dans son rêve. La porte-fenêtre donnant sur le balcon est partiellement occultée par un épais rideau rouge, déchiré par endroits, noirci par les années et accroché de manière irrégulière à sa tringle. Il tend l'oreille et jette un œil dans la direction opposée, vers la porte d'entrée de l'appartement, espérant entendre le bruit des clés s'agiter dans la serrure, puis voir son père débarquer, comme dans son rêve, et donner du sens et au moins un début d'explication à tout ça. Mais rien ne se produit tel qu'il l'attend.

Alors il s'approche de la porte-fenêtre, tire le rideau et sort sur le balcon. L'avenue est grande, belle et silencieuse. Où est tout le monde ? Où est maman ? Elle est seule ou bien papa est avec elle ? Elle a besoin de moi…

Le sentiment de solitude qui l'habite atteint son paroxysme. Ça aussi, c'est comme dans ses rêves. L'abandon, la trahison, la solitude subie… ils les lui rendent incomparablement plus douloureux que la réalité, au point que le réveil s'avère être une véritable délivrance. Il ne saurait même pas le décrire par des mots. Ce vide intense, cette peur panique, l'absurdité et le dégoût de la vie. Si l'enfer existe, il en est persuadé, la punition des damnés serait de ressentir de tels sentiments, à perpet'. Et nul besoin d'être un expert en psychanalyse pour comprendre qu'ils sont des réminiscences de son passé, du placement en foyer, de la séparation, la déchirure qu'il avait provoquée.

Il pose les coudes sur la rambarde, et s'octroie un moment de répit. Admirant l'avenue du haut de son HLM, il respire lentement la brise fraîche qui caresse sa peau. Il sent le doux soleil le réchauffer, clôt ses paupières, son souffle devient plus calme, plus profond. Il apprécie le silence et retrouve petit à petit le plaisir des sens. Béatitude et désespoir s'entremêlent. La solitude est parfois cet écartèlement entre le bonheur de se sentir pleinement en vie, et l'impossibilité de le partager avec d'autres. Et paradoxalement, cette plénitude nécessite d'être entièrement livré à soi-même pour exister.

À regret, il rouvre les yeux. Il doit prendre une décision. Envisager de passer la journée entière, voire la nuit dans l'appartement ne l'enchante guère. Cette simple idée lui oppresse la poitrine. Il faut qu'il redescende, qu'il parte explorer les rues, il doit bien y avoir quelqu'un, quelque part. Sans même se retourner, il traverse l'appartement en sens inverse, ouvre la porte d'entrée qu'il avait pris soin de refermer derrière lui, comme si une intrusion était envisageable dans ce scénario, se retrouve dans la cage d'escalier et là, s'arrête net.

Décidément, ce rêve n'en a pas encore fini avec lui et semble vouloir se répéter jusqu'au bout, sans inclure les meilleures parties, évidemment. Face à lui, l'ascenseur est là, à son étage, portes pliantes grandes ouvertes, l'invitant de ses néons clignotant à l'emprunter pour redescendre direction le rez-de-chaussée. L'air qui traverse sa gaine métallique émet un grondement sourd, donnant à la cabine une allure de gueule grande ouverte prête à l'avaler.

La suite, si elle se déroule telle qu'il se la remémore, ne le tente pas vraiment. Lors de la descente, les néons s'étaient affolés, les parois de la cabine, vulgaires tôles de métal désolidarisées les unes des autres, s'étaient mises à trembler puis, dans un vacarme assourdissant, s'étaient resserrées sur lui jusqu'à l'étouffer. La fin du rêve ? Il ne la connaît pas. C'est à ce moment-là qu'il s'était réveillé en sursaut et avait passé la journée qui suivit dans un état d'âme à la fois désagréable et jouissif tant il était singulier, promouvant ce cauchemar au rang de souvenir.

Mais hormis quelques brèves secousses et hésitations de la part des néons, la descente se déroule sans encombre et il peut regagner le trottoir, presque soulagé de ressentir à nouveau l'air frais chargé d'une fragrance de bitume.

Instinctivement, il reprend sa route en rebroussant chemin. Partir dans la direction opposée le rapprocherait à nouveau du périph' et il n'a aucune envie de se retrouver, encore, en banlieue. Le tissu urbain y est bien trop dense et l'éloignerait du but qu'il s'est désormais fixé : trouver quelqu'un. N'importe qui, du moment qu'il puisse lui tenir compagnie et lui apporter ne serait-ce que des bribes d'indices sur ce qui est en train de se produire. Il veut passer la ville au peigne fin, en arpenter la moindre rue, dût-il s'y employer pendant plusieurs mois. Dans quel mauvais film a-t-il atterri ? Les Langoliers[3] ? Seul au monde[4] ? Va-t-il devoir, à l'instar de Tom Hanks, se fabriquer son propre *Wilson* pour ne pas sombrer dans la folie ?

---

[3] Film fantastique – *Tom Holland*, 1995

[4] Film dramatique – *Robert Zemeckis*, 2000

Il n'a pas spécialement faim, mais cette douleur sourde qui lui creuse l'estomac, sans mentionner ce goût accroché à sa langue, l'invite à jeter un œil sur le trottoir d'en face, là où se trouve l'un des meilleurs restaurants de kebabs de Paris. Il pense à la viande luisante, dorant lentement sur sa broche, il pense aux frites chaudes et salées qu'il pourrait plonger dans la mayonnaise… l'idée se fait petit à petit envie dans son esprit. Le kebab, c'est le repas du juste, celui qui tombe toujours à point nommé, qu'il s'agisse de se redonner du peps après une séance de sport intensive, d'éponger l'alcool d'une soirée bien arrosée ou tout simplement pour le plaisir que la combinaison de gras, salé, sucré apporte au cerveau. Encore faudrait-il que les denrées alimentaires n'aient pas subi le même sort que la population.

Soudain, une sensation qu'il avait également ressentie pendant sa course effrénée, alors qu'il ne pensait qu'à voler aux secours de sa mère, le fige sur place. Il le sent, sur sa nuque, sa colonne vertébrale, dans tout son dos, ce regard posé sur lui. Cavalant dans les rues, à peine une poignée d'heures auparavant, les rails du métro aérien comme fil d'Ariane, et malgré l'absence complète d'âme qui vive, qu'il ne pouvait que constater, il s'était senti observé.

Et désormais, il ne s'agit plus d'une simple impression ou d'une peur que l'on pourrait mettre sur le compte de la paranoïa. Elle est là-bas, devant lui. Elle est assez éloignée, une centaine de mètres les sépare, pourtant leurs regards se sont plantés l'un dans l'autre au moment même où David a brusquement tourné la tête, à l'image d'une proie surprenant son prédateur se déplaçant derrière elle à pas feutrés.

Elle ne bouge pas. Les bras le long du corps, les épaules tombantes, la nuque légèrement inclinée vers l'avant dans une attitude nonchalante, elle semble le scruter intensément sans qu'aucun signe ne laisse présager un quelconque mouvement de sa part, que ce soit d'attaque ou, au contraire, de fuite.

David plisse les yeux. Malgré la distance, il en est certain, cette silhouette noire qui se tient immobile face à lui n'a ni traits, ni couleurs, ni vêtements, ni atours. Un spectre, un ectoplasme, une ombre matérialisée, voilà ce qui l'observe depuis tout à l'heure.

Alors, pris de panique à la simple pensée de se trouver confronté à cet être fantomatique, il détale à toutes jambes. Poussé par l'adrénaline, David cavale à grande allure, ses enjambées dévorent l'asphalte. Par peur d'être déséquilibré ou ralenti, il ne jette même pas un œil par-dessus son épaule, et imaginer que l'ombre puisse s'être lancée à ses trousses lui donne une bonne décharge supplémentaire.

En un temps record, et sans ressentir une once de fatigue, il se trouve à hauteur de la station Barbès-Rochechouart. Ses jambes deviennent lourdes, son rythme ralentit, il martèle pesamment le sol de quelques dernières foulées, hors d'haleine. Sa gorge brûle, ses avant-bras pulsent. Il reprend son souffle, péniblement, scrutant l'horizon à la recherche de son éventuel poursuivant. Sa forme spectrale le rend sans doute plus difficile à distinguer que ne le serait un assaillant réel. Et s'il avait le pouvoir de se rendre invisible ? Ça pourrait expliquer en partie pourquoi il se sentait épié sans jamais apercevoir qui que ce soit.

David sent toute l'ironie de la situation. Lui qui avait tant espéré trouver quelqu'un, jamais il n'aurait souhaité, ni même pensé, faire une rencontre paranormale. Depuis son réveil, les événements prennent une tournure inattendue et peu désirable à son goût. Il commence même à sérieusement se demander comment tout ça va se terminer, pris au piège, dans l'incompréhension la plus totale.

Des idées noires lui traversent l'esprit, quand, au beau milieu de ses ruminations, le climat se met brusquement à changer de nouveau devant lui. De lourds nuages noirs envahissent le ciel et le recouvrent à perte de vue, occultant par là même le soleil et réduisant considérablement la luminosité dont la chute s'accompagne de celle de la température ambiante. Il peut sentir l'air glacial l'envelopper et emplir ses narines, dans une bouffée d'oxygène à la fois rude et agréable.

David attrape le col de son manteau et le resserre fermement autour de son cou. Loin d'être au bout de ses surprises, il constate alors, à travers ses yeux plissés et larmoyants, que le décor autour de lui opère également une métamorphose. Les rails du métro et les immeubles deviennent monts et vallées enneigés, la route goudronnée sous ses pieds laisse place à un étroit chemin gravillonné menant à un imposant chalet de pierre et de bois qui lui semble familier.

Il se souvient parfaitement de ce lieu qu'il chérissait dans sa mémoire, symbole de souvenirs heureux de l'époque où il était en foyer. Le directeur de l'établissement, un personnage charismatique, tenait à les y emmener une fois par an, pendant les vacances d'hiver. La beauté des paysages, la compagnie de ses amis, l'euphorie de l'amusement, les montées d'adrénaline, faisaient de ces séjours des moments de pur bonheur, d'une rare intensité.

Se retrouver tout à coup projeté ici est totalement absurde, mais il ne cherche plus à comprendre. Il accueille l'opportunité de pouvoir profiter de ce lieu, même si ce n'est que pour une poignée de minutes, comme un cadeau de l'univers, oubliant presque qu'une ombre humanoïde semblait le guetter de loin.

Il entreprend alors de contourner le chalet, ses pas font craquer sous ses pieds des amas de neige verglacée présents sur le chemin. À quoi bon entrer, pense-t-il, il n'y a probablement personne. Il débouche sur la terrasse située à l'arrière du chalet, constituée de longues planches de bois noircies par l'humidité ambiante. Une enivrante odeur de feu de bois flotte dans l'atmosphère. Elle lui est tellement agréable qu'il hume l'air, prend de profondes et lentes inspirations, le nez largement ouvert. Il s'assied sur l'un des bancs présents sur la terrasse, pose son regard sur la plaine s'étalant devant lui, séparée d'une forêt de pins par un ruisseau dont il peut entendre le bouillonnement, et reste là, émerveillé et serein.

Le silence envahit tout, se pose sur le paysage. Il n'entend plus que le ruisseau, le chalet faisant craquer ses poutres de bois et le crépitement de gouttes d'eau tombant çà et là sur la neige. La vue de la nature, l'air frais emplissant ses poumons, la sérénité qui l'habite, lui donnent un accès de joie et de plénitude inattendues. Il savoure cet instant, hésitant à le rationaliser pour tenter d'en retenir l'essence, comme il s'obstine à le faire lorsqu'il vit de tels épisodes, dans l'espoir un peu fou de pouvoir invoquer ces sentiments à loisir. Un de ces moments, comme le décrivait si bien Rousseau « *court mais précieux moment de la vie, où sa plénitude étend pour ainsi dire notre être par toutes nos sensations, et embellit à nos yeux la nature entière du charme de notre existence* »[5].

Quelques minutes s'écoulent, il en goûte chaque nuance, entièrement connecté à ses sens et, presque comme s'il s'y attendait déjà, se lève pour accueillir la prochaine phase de cette succession de métamorphoses, qui ne tarde pas à arriver.

Tout le décor devant ses yeux – le ciel, la terre, les monts enneigés, la plaine – se rétracte, la matière converge dans sa direction, bientôt stoppée par des limites invisibles formant un rectangle autour de lui.

---

[5] Jean-Jacques Rousseau – *Les Confessions* (Launette, 1889)

Des lignes de fuite se tracent à partir des angles, la matière s'obscurcit et se matérialise instantanément en un long couloir sombre qui se dresse devant lui, au bout duquel il aperçoit une grande porte noire à double battant.

Autour de lui les murs sont recouverts d'une moquette anthracite, des luminaires circulaires diffusant une faible lueur sont incrustés sur toute la longueur du plafond à intervalles réguliers et, au sol, un long tapis rouge vif se déroule jusqu'à la porte noire qu'il semble inviter à emprunter.

David répond à son appel et avance doucement, ses pas émettent sur le tapis un bruit sourd et feutré tandis qu'une plaisante odeur de pop-corn chaud, fraîchement préparé, lui envahit les narines. Il sait à présent ce qui l'attend derrière cette porte dont il pousse l'un des battants, plus léger qu'il n'y paraissait, et qui dévoile une spacieuse salle de cinéma. À sa gauche, l'immense écran est éteint et semble attendre patiemment qu'il daigne prendre place. David pourrait jurer que cet écran est vivant et l'observe, comme si une forme de conscience en émanait.

Il grimpe une dizaine de marches, s'engage dans l'allée du milieu, et s'assied sur le fauteuil central. Il a toujours aimé les salles de cinéma : cette acoustique si particulière, étouffant chaque son, ce moment de calme avant la projection du film, le confort des fauteuils dans lesquels s'évapore toute la lassitude accumulée, et cette douce chaleur qui fait regagner au corps quelques degrés, surtout par temps hivernal. Il s'enfonce dans le siège, soupire, la fatigue lui picote les yeux, il pourrait presque les fermer et s'endormir.

Les lumières faiblissent graduellement, plongeant la salle dans l'obscurité, alors qu'une lueur blanche apparaît au centre de l'écran et s'étend petit à petit jusqu'à occuper la totalité de sa surface. La luminosité s'intensifie, l'écran rayonne jusqu'à en devenir aveuglant.

David tente de protéger ses yeux de son avant-bras et se sent instantanément projeté en avant à grande vitesse, comme si tous les sièges, la salle entière, étaient aspirés par l'écran. Il s'accroche aux accoudoirs du fauteuil, incapable de réagir, prêt à être englouti par cette étendue de lumière blanche et vive qui approche à une vitesse vertigineuse. Les premières rangées de fauteuils s'engouffrent dans ce néant, puis vient le tour de ses pieds, ses jambes, ses cuisses, ses mains, son visage, ses yeux… La dissolution est indolore et, pris de court par la rapidité avec laquelle tout s'enchaîne, il subit le cours des événements, presque passivement, dans une sorte de torpeur… Il ne voit bientôt rien d'autre que ce blanc infini. Pas même les extrémités de son propre corps.

Après un court instant, les contours d'un nouveau paysage apparaissent doucement devant lui, d'abord à peine perceptibles, puis les lignes prennent consistance, les couleurs se font plus vives. Il comprend alors qu'il n'a pas seulement été absorbé par l'écran, il est l'écran. Il n'est plus acteur de cet étrange scénario, mais spectateur, observateur ; et se mettent alors à défiler devant lui, comme autant de petits miroirs sur la surface d'une boule à facette, de multiples scènes vécues, rêvées, imaginées, désirées, toutes imprégnées d'un état d'âme singulier.

Elles défilent devant lui à une allure modérée et constante, lui laissant tout juste le temps de se remettre des émotions qu'elles provoquent en lui.

La première d'entre elles l'emmène en Thaïlande, son premier grand voyage. Il distingue les rues de Bangkok, surchargées de constructions urbaines – immeubles, terrasses, bretelles de voies rapides surélevées ombrageant les trottoirs en contrebas –, s'entassant les unes sur les autres, à l'instar de tout ce monde qui grouille de tous côtés. Il voudrait leur parler, mais personne ne semble remarquer sa présence, il est comme invisible et malgré cette absence de corps physique, il n'en ressent pas moins toutes les sensations que peut lui procurer cet endroit : la chaleur et la moiteur du climat, s'abattant sur ses épaules comme une chape de plomb et qui faisait alors saillir les veines de ses bras, les senteurs de jasmin, de mangue, de papaye, se mêlant aux parfums d'encens et aux relents de bouches d'égout rendus presque plaisants par l'exotisme des lieux. Un vendeur ambulant fait sauter du riz aux légumes dans une poêle, un autre propose des fruits de mer fraîchement frits dans l'huile tandis qu'un troisième s'affaire devant une grande marmite de soupe de nouilles…

Le calme revient. L'humidité laisse place à la douceur. Il se trouve dans ce qui lui semble être un bel appartement haussmannien, dans un salon relativement petit, mais bien agencé, face à une fenêtre grande ouverte laissant entrer la fraîcheur d'une pluie d'été tombant à grosses gouttes éparses qui claquent sur l'asphalte. Dehors, le ciel est chargé d'épais nuages sombres. Plongée dans une relative obscurité de fin d'après-midi, la pièce est de temps à autre éclairée par un vif flash d'une demi-seconde, suivi d'un grondement lointain. L'arrivée idéale d'un orage par une journée d'été trop lourde. De chaque côté de la fenêtre, un épais rideau écru brodé de feuilles d'acanthe pourpres aux courbes fines est maintenu par des embrasses en corde torsadée. La symétrie se poursuit par une bibliothèque incrustée dans chaque pan du mur de part et d'autre de la fenêtre et occupant la totalité de l'espace, du sol au plafond. Elle est pleine à craquer de livres de toutes tailles, de couleurs et d'époques variées. Le manque de place a conduit à la création de petites piles supplémentaires, posées à même le parquet. Sur le pan de gauche, une petite frise de lierre grimpe le long de la paroi puis court élégamment sur l'étagère la plus haute avant de replonger vers le sol. À droite de la fenêtre, lui tournant légèrement le dos, un beau fauteuil de style baroque semble l'inviter à y prendre place pour la lecture, encouragé par une odeur de bois et de papier ancien, lui rappelant ces nombreuses fois où il plonge son nez dans un livre pour en humer les pages jaunies par les années. Une de ses nombreuses madeleines de Proust, l'entraînant parfois au-delà du passé, dans des lieux imaginaires comme cet appartement dans lequel il n'a jamais mis les pieds.

En parlant de madeleine, la phase qui suit est d'une puissance incomparable malgré la simplicité du décor qui la compose : un parking souterrain, vraisemblablement appartenant à une grande surface avec ses allées bien tracées au carré et ses colonnes numérotées, peintes tantôt de rouge bordeaux, tantôt de vert pomme, et surtout, cette odeur d'essence qui le transporte vingt ans en arrière, lorsqu'ils allaient faire les courses, son père, son frère, ses sœurs et lui-même. Cette activité constituait une sortie à part entière et, comme en tout autre lieu, il laissait libre cours à son imagination, protégé de tout danger par l'unique présence de son père silencieux, calme, fort et ténébreux. Une fois dans le supermarché, il observait le plafond, impressionné par la quantité de tuyaux peints de beige, de toutes tailles, qui s'entre-croisaient. Il suivait du regard le pigeon pris au piège, volant parmi eux. Le son d'un appel micro retentissait, annonçant qu'un enfant attendait ses parents à l'accueil du magasin.

Les scènes continuent de défiler devant lui. Il en est le spectateur, tout en y étant connecté de manière sensible et émotionnelle. Il voyage d'un lieu à un autre, d'une température à une autre, traverse toutes les saisons, des enchaînements de lieux et de stimuli dont les combinaisons pourraient être infinies.

Les quais du canal Saint-Martin, un soir d'été, l'asphalte éclairé par la lumière jaune des lampadaires et diffusant la chaleur du soleil emmagasinée tout le jour durant.

Un restaurant en bord de mer, par un bel après-midi de printemps, contrasté par l'air presque glacé venu du large. Un plateau de fruits de mer et une bouteille de vin blanc, maintenue au frais dans un seau à glaçons et constellée de perles de condensation, attendent leurs convives.

L'odeur de feuilles mortes et de terre humide d'une dense forêt ombragée. Le calme absolu, discrètement rompu par des chants d'oiseaux et craquements de branches, les rayons du soleil se frayant un chemin entre les troncs des hauts arbres.

Un temple bouddhiste dans un pays lointain, les senteurs d'encens, envoutantes et propices à l'introspection, à l'ouverture de l'âme…

Pluie, froid, neige, soleil ardent, doux, timide ; Paris, étranger, lointain, proche, ville, nature ; goûts, odeurs, musiques, touchers… tout s'accélère devant lui, il voudrait retenir chaque instant, le vivre intensément, en pleine conscience, mais tous défilent de manière exponentielle, il ne parvient plus à suivre, les images se succèdent, il ne les distingue presque plus, il se sent submergé, au bord de la panique… quand arrive enfin une nouvelle vague salvatrice de néant, tout se fond petit à petit dans la lumière, il ne sent rien d'autre qu'un profond sentiment de paix intérieure, de lâcher prise, le calme des synapses. La lumière cède petit à petit à la pénombre, tout devient noir, infiniment noir. David se laisse aller. Sa conscience s'éteint.

Il revient à lui au son d'une cloche avoisinante, allongé sur le ventre, dans un petit lit dont le matelas est à la fois ferme et confortable, son visage écrasé contre une couverture rêche imprégnée de l'odeur résiduelle d'un feu de cheminée ayant servi à combattre une nuit trop froide.

Il prend appui sur ses mains, se redresse lentement et constate avec surprise qu'il a récupéré son corps physique. Il scrute ses bras, ses jambes, fait pivoter ses mains, de la paume au revers comme s'il les découvrait pour la première fois.

Son étonnement se poursuit lorsqu'il se rend compte qu'il ne porte plus la même tenue qu'auparavant, ses vêtements semblant même plus propres que ceux qu'il portait à son réveil... son premier réveil, dans cet étrange et lugubre endroit.

Leur contact avec sa peau est plus agréable, ils sentent bon. Son manteau d'hiver a cédé la place à une de ses pièces de prédilection, celle dans laquelle il se sent le mieux, confortable et qui, selon lui, est un bon reflet de sa personnalité et de son background culturel et social : le sweat à capuche. Un beau sweat noir, au coton épais et à la fabrication de qualité. De part et d'autre de la capuche, de larges lacets blancs encadrent, floqué sur le torse, le dessin d'un smiley classique : jaune, yeux noirs, et maquillé d'un large sourire. Une chose est certaine, celui-ci ne fait absolument pas partie de sa garde-robe. Mais il l'adopte sur le champ.

Il s'assied sur le bord du lit. Les lieux lui sont inconnus. À en juger par le décor, le mobilier rustique, les ustensiles d'un autre âge, le sol typique en tomette rouge, il se trouve dans une maison de campagne. Le fond de l'air est frais, mais le soleil au-dehors semble réchauffer juste ce qu'il faut. À travers de légers rideaux en dentelle, il peut distinguer un ciel bleu ponctué de quelques nuages blancs. La porte d'entrée de la maison a été laissée grande ouverte, sans doute dans le but d'aérer les lieux, ou en signe de confiance et de liberté. Il ne sent ni menace, ni oppression bien au contraire. Depuis le début de cette folle aventure, il ne s'est jamais senti aussi calme et reposé.

D'ailleurs, il se demande s'il est toujours seul, mais le silence ambiant lui fait vite comprendre qu'il serait vain de penser le contraire. Seul le ronronnement à peine audible d'un appareil électroménager et le roucoulement régulier et apaisant d'une tourterelle lui parviennent aux oreilles. Il sourit en coin.

Il a toujours aimé ça. Partir. Partir pour l'inconnu, découvrir de nouveaux lieux, d'autres habitudes, d'autres mets et saveurs. Arriver chez de la famille éloignée ou chez des amis d'amis. Ressentir la fatigue du voyage, additionnée à celle d'une nuit passée dans un lit inhabituel. Se déconnecter du quotidien et se laisser aller à l'oisiveté. Et puis écouter la tourterelle, cette éternelle tourterelle et son roucoulement berçant « roucou cou ! roucou cou ! », symbole de nature et de printemps. « Roucou cou ! roucou cou ! »

Malgré l'hospitalité des lieux, il se décide à quitter cette charmante petite demeure pour s'aventurer à l'extérieur. Il y découvre un village ancien et pittoresque, fait de murs de pierre, de végétation foisonnante, grimpante, et de fleurs. Ébahi par la beauté qui l'entoure, il s'avance instinctivement sur un petit sentier bordant la maison. Au loin, la cloche de l'église sonne de nouveau et semble l'appeler. Il peut en distinguer le clocher surplombant les toitures et s'y dirige d'un pas lent.

Il déambule dans les rues, toutes plus ravissantes les unes que les autres, où le temps semble s'être arrêté et débouche bientôt sur une petite placette pavée. Une modeste église aux murs de pierre, envahis par les végétaux et aux tuiles couvertes de mousse, l'y attend. Plus il s'en approche, et plus la lumière devient pâle, une légère brume se lève, donnant aux alentours un aspect onirique. Il entre.

Véritables chefs d'œuvres d'architecture, les églises font aussi partie des lieux dans lesquels il aime à se rendre. Ce calme qui y règne, cette sensation de recueillement, de présence d'un esprit divin, pouvant être ressentis même par qui n'est pas croyant, éveillent en lui un sentiment de transcendance, de connexion avec quelque chose de plus grand que soi, dépassant les frontières des religions organisées.

Celle dont il vient de franchir le seuil est très sobre. De grandes dalles de pierre de tailles inégales et irrégulières en constituent le sol sur lequel jonchent des feuilles mortes regroupées par petits tas. Des brins de verdure y ont poussé dans les interstices et du lierre grimpant se faufile par des fissures présentes dans les murs, lui conférant un aspect à la fois charmant et négligé. Des rangées de bancs en bois s'étendent sur la longueur, dont certains en biais par rapport aux autres, qu'on n'a même pas pris soin de redresser. David prend place sur l'un de ceux constituant le premier rang.

Il y fait délicatement frais, sans excès. La lumière filtre à travers des vitraux sommaires constitués de formes géométriques d'un bleu uniforme. Machinalement, il pose son regard sur Jésus, étendu inerte sur la grande croix fixée en hauteur au fond de la nef. Les rayons du soleil percent à travers un nuage, pénètrent dans l'église par l'un des vitraux, et viennent se poser sur le fils de Dieu, telle une aura protectrice et sacrée.

Devant un tel spectacle, il jugerais presque opportun de réciter une prière, de parler à Jésus, de lui demander des explications, voire de l'aide, quand, venant de son côté droit, tout près de lui, il perçoit distinctement, presque directement à son oreille, une voix claire et résonnante l'interroger :

« David, pourquoi ?... Pourquoi as-tu fait une chose pareille ? »

Ab umbra lumen

La nuque courbée, penchée en avant, les coudes posés sur les genoux, les mains tombant mollement vers le sol, elle est là, assise tout près de lui, sur le même banc. Seuls quelques centimètres les séparent. Elle est bien plus grande qu'il n'y paraissait tout à l'heure, lorsqu'il l'a aperçue pour la première fois. La distance ne lui avait pas permis de s'en rendre compte, mais elle doit mesurer pas loin de deux mètres de haut.

Aucune agressivité, ni même intention de nuire ne semblent l'animer. Elle ne le regarde même pas. Hormis ses longues mains effilées, cette ombre gigantesque est dépourvue d'organes sensoriels visibles, mais ce qui aurait fait office de visage, si elle avait été un être humain, n'est pas tourné vers lui et semble plutôt fixer le sol, d'un air songeur.

David l'observe, résigné à affronter son destin, pendant qu'elle reste immobile près de lui. Quelle que soit la raison de sa présence, peu importe la suite des événements, il est désormais prêt à l'accueillir sans résister.

Elle est aussi sombre que ne le serait l'espace intersidéral, un trou noir absorbant la matière et la lumière, traversée en continu par des rayons lumineux et multicolores, fusant d'un point à un autre tels des flux d'énergie. David, hypnotisé par ce mouvement perpétuel et de toute beauté, se tranquillise. Il perçoit, presque comme si elle pouvait en augmenter l'intensité à loisir, l'aura dégagée par ce corps cosmique qui, en fin de compte, s'avère apaisante et pleine de bienveillance. Ses dernières résistances cèdent, ses muscles crispés par l'appréhension se détendent. Il a l'impression d'être en présence d'un ami, un très bon ami dont la compagnie serait propice aux conversations profondes et introspectives. Porté par ce sentiment de confiance et de sécurité, David brise le silence :

– Eh, t'es qui toi en fait ? Et qu'est-ce que tu me veux ?

Soudain tirée de ses rêveries, elle se tourne lentement vers lui, et sans fournir aucune réponse à ses interrogations, poursuit :

– Me permettrais-tu d'apporter une petite touche finale ?

À ces mots, la lumière au dehors s'intensifie et pénètre par chacune des fenêtres de l'église sous forme de milliers de rayons alors qu'une végétation luxuriante et paradisiaque envahit toutes les parois, du sol au plafond. Les quelques plantes déjà présentes dans les interstices des dalles croissent à vue d'œil, le lierre grimpant étend ses tentacules sur toute la surface des murs, accompagnés par la naissance de multiples végétaux qui envahissent bientôt tout l'intérieur de l'église, des piliers jusqu'aux bancs. Un épais tapis d'herbe verdoyante recouvre le sol tandis que juste derrière l'autel, un jeune arbre courbé au tronc fin arbore des feuilles dorées scintillantes.

David est ébahi. Tout en restant fermement assis sur le banc, il tourne et retourne la tête dans tous les sens, cherchant à photographier de sa rétine le moindre recoin de l'église et le graver dans ses souvenirs. Ses yeux finissent par redescendre progressivement sur son compagnon du moment qui ne l'a pas quitté du regard, et qui annonce d'un ton très calme, voire amical :

– Je m'appelle Vida.

– Vi… Vida ? C'est une blague ? Tu peux m'expliquer ce qui se passe ? C'est quoi tout ce cirque ? Et attends une petite minute, c'est toi qui me balades de cette manière, d'un lieu à l'autre depuis tout à l'heure, n'est-ce pas ?

Éludant une nouvelle fois ses interrogations, Vida reprend sa position initiale, la tête courbée vers l'avant, complètement relâchée, à la merci de l'apesanteur. Puis, la redressant d'un geste contrôlé et tout en maintenant son regard droit devant, questionne à son tour :

– Ne vois-tu pas la richesse et la beauté du monde qui t'entoure ?

– Tu plaisantes ? Ok, on nage en plein délire, mais je dois l'admettre, j'ai jamais autant pris mon pied qu'avec le voyage interdimensionnel que tu viens de m'offrir !

– Alors qu'est-ce qui ne va pas ? Quel est le problème ?

– Le problème ? T'es quoi en fait, un genre de psychologue de l'au-delà ? Et « Vida », d'où est-ce que tu sors ce nom ? C'est un peu trop facile, ça veut dire David en verlan, c'est comme ça que mes potes m'appellent !

– Ça signifie aussi « vie », en français ancien et dans bien d'autres langues latines.

– Okay ! Et du coup, tu serais quoi ? Genre, ma conscience ?

– Ou ton inconscience ?

David reste perplexe. Qui est cet étrange personnage, tout droit sorti d'un film, voire d'un cauchemar, et qui l'invite à se confier comme s'ils se connaissaient de longue date ?

Répondant à cette perche tendue, le jeune homme passe rapidement sa vie en revue et jauge son niveau de bonheur actuel. En se prêtant à cet exercice, il ressent instantanément toutes les épines qui lui enserrent et lui blessent le cœur. Entraîné par une soudaine envie de s'épancher, il se détourne de Vida et adopte la même position, les coudes sur les genoux, les mains jointes, le regard posé sur l'arbre aux feuilles d'or. Il prend une grande inspiration, puis se lance :

« Par où commencer ? Mon problème ? Si seulement ça n'était qu'un seul problème ! Mais depuis que j'ai été mis sur cette Terre, j'ai l'impression que ma vie n'est qu'une succession de problèmes.

D'abord, tu nais dans une famille défaillante, tu te construis sur des bases fragiles et biaisées. Tu ne t'en rends pas compte, t'es bien trop jeune pour ça. Ce que tu vis, ce que tu vois, les disputes incessantes, les scènes de jalousie, ta mère qui pleure tout le temps, l'appartement crade… tu sens bien qu'il y a un truc qui cloche, mais tu n'as aucun point de comparaison, alors tout ça te parait normal. Et puis tu t'en fous ! Tu n'as pas encore conscience des conséquences de tes actes, alors tes hurlements de gosse capricieux, la crasse qui te recouvre quand tu vas à l'école, malgré les petites remarques de tes camarades et des instit', tu t'en soucies peu.

C'est quand débarquent les professionnels de l'ASE que ça commence à vraiment puer. Mais tu ne t'en fais toujours pas. Qu'est-ce qu'ils vont bien pouvoir te faire ? Te mettre en pension comme ta mère ne cesse de te le seriner depuis des mois ? Ça n'arrive qu'aux autres ! Et puis ton père ne laisserait jamais faire une chose pareille !

En attendant, tu grandis et tous ces événements finissent par s'ancrer en toi, à te définir. Tu te sens différent, mais incapable de l'expliquer, de l'exprimer... ni même sans doute de l'admettre.

Et puis ce qui devait arriver, finit par arriver : le Juge pour Enfants ordonne le placement de toute la fratrie. Voilà, le décor est planté.

J'aurais ensuite passé les six années qui ont suivi à n'attendre qu'une seule chose : le retour chez mes parents. Je le voyais comme un paradis lointain, un rêve à atteindre. J'attendais chaque week-end et vacances avec la même avidité qu'un employé aigri par son boulot. Ces parenthèses me permettaient de tenir le coup, comme si une année scolaire n'était faite que de privation de liberté, ponctuée de bouffées d'oxygène salvatrices.

Heureusement, et même si je ne l'ai admis que rétrospectivement, au foyer, c'était loin d'être l'enfer. Entre les amis, les activités, l'encadrement, les liens sociaux... j'ai eu de quoi vivre de bons moments, certains m'auront même laissé des souvenirs impérissables. Et tout ça m'aura permis, quand même, de renforcer les fondations fragiles sur lesquelles j'ai été construit. Limiter un peu la casse en quelques sortes.

Lorsque j'ai donc enfin atteint mon objectif ultime, celui de retrouver le foyer familial, à l'âge de 15 ans, l'univers a voulu me montrer son côté taquin.

D'abord, parce que je n'avais pas réalisé à quel point mes potes allaient me manquer. Être tous les jours fourré avec eux, à rire, se taquiner, écouter du rap, refaire le monde… Rire encore, se foutre de la gueule du monde entier, et ressasser le tout dans les moments de calme… Et ensuite parce que je n'avais plus – ou sans doute ne les avais-je jamais eus – les codes sociaux qui auraient pu me permettre de nouer de nouveaux liens. Sans parler de mon apparence qui devait en dire long sur mon passé, mais aussi sur mon présent qui n'était guère plus reluisant : des vêtements trop petits, trop peu souvent changés, une gueule d'adolescent en pleine puberté, une dentition sens dessus dessous, et des lunettes de pédophile belge aux verres épais comme des culs de bouteille.

Loin de l'institution et de mes potes, sans aucun soutien, guide ou repère, j'ai vécu la solitude la plus profonde et la plus douloureuse qui soit. Tu es là, dans les couloirs du lycée, mais personne ne fait attention à toi. Ou alors, de temps en temps, un groupe remarque ta présence, mais ça ne sera que pour des messes basses, des regards en coin et des rires étouffés. Du moins, c'est ce que tu crois percevoir à travers tes yeux de myope.

Le week-end et les vacances scolaires, tu les attends avec autant d'impatience que les autres élèves. Tu nourris un secret espoir que la vie va t'ap-

porter sur un plateau d'argent quelques rebondisse-
ments qui donneront enfin du sel à ta vie. Des
rencontres insolites, de l'aventure, de l'inattendu, du
sexe... Mais elle demeure infiniment plate, insipide et
absurde.

Passer d'une amitié solide, dont les liens ont été
forgés dans la galère commune, à ça, il y a de quoi en
devenir barge. La souffrance de mon âme était tellement intense que je lui aurais parfois préféré une douleur physique. Cette sensation de vide, d'injustice
amplifiée par la chaleur des beaux jours qui ne les
rend que plus amers... Pendant un temps, j'ai cru que
j'allais vraiment perdre les pédales.

Et puis le coup de grâce est arrivé. Après des
années de dépression, d'isolement, de consommation
d'anxiolytiques et d'antidépresseurs en tous genres,
c'est maman qui a finalement pété les plombs. Et
autant dire qu'elle a fait les choses en grand : crise de
nerfs, hurlements baignés de morve et de larmes...
Appeler les flics a été la seule solution – et quelle
solution de génie quand j'y pense ! – à laquelle papa
et moi avons pensé. Ils l'ont traitée comme une moins
que rien, une criminelle. Ils l'ont emmenée de force
dans leur fourgon, lui ont offert une douche froide
pour la calmer et l'ont enfermée dans une cellule en
attendant que les services psychiatriques ne prennent
la relève. Quand elle m'a raconté ça, plus tard, j'en
étais malade. Mais quels cons, d'avoir pensé en premier lieu à appeler les poulets...

Enfin, ça ne sert à rien de remuer le couteau dans la plaie. Toujours est-il que ce jour fut le point de départ d'un enfer qui a duré une putain de décennie. Dix ans, rien que ça. Dix ans pendant lesquels il aura fallu batailler avec l'administration hospitalière pour que maman soit prise en charge convenablement. Pour qu'elle bénéficie d'un cadre médicalisé et protecteur, pour nous et pour elle-même surtout.

Au lieu de ça, chaque fois qu'elle montrait un semblant de lucidité, autant dire, chaque fois qu'elle était capable d'aligner trois phrases cohérentes d'affilée, on nous la confiait de nouveau, faute de place et de moyens… Et c'était à nous, sa famille, que revenait la lourde tâche de lui prodiguer des soins constants.

Un combat ardu et de longue haleine, d'autant que, le corps et l'esprit étant étroitement liés, maman avait, en plus de ses problèmes psys, d'importants soucis de santé qui nous compliquaient largement l'affaire. Le diabète, notamment.

Pas évident de se concentrer sur ses études, surtout en étant de plus en plus impliqué dans la gestion quotidienne, entre les traitements, l'attention à lui apporter, la coordination des rendez-vous médicaux… Je m'y suis pourtant attelé, résolu à ne pas l'abandonner et en m'étant fixé au contraire comme objectif de vie de lui rendre la sienne plus douce ou, tout au moins, dépourvue de souffrance.

Tu me diras, c'est plus facile quand on n'a pas à choisir entre sa mère ou les sorties entre potes. Et je te l'accorde, quelque part, on peut voir cette solitude subie comme un cadeau du destin qui m'aura permis de ne pas avoir à faire ce choix, de ne pas tomber dans la tentation et regretter de l'avoir abandonnée plus tard.

En tout cas, pendant ces dix années, je n'ai pas lâché l'affaire, et tout ça en bataillant intérieurement contre mes propres démons existentiels.

Je ne me suis pas tout de suite rendu compte de l'importance du rôle que j'avais à jouer sur ce front, mais dès lors que j'ai réalisé que ce paramètre faisait partie intégrante de ma vie, que je me devais de vivre avec, de lutter pour que sa vie s'arrange, j'ai su que je n'allais jamais abandonner. Surtout après tous ces moments où j'aurais pu agir, mais où je ne l'ai pas fait, par peur, par manque de force et de détermination… Mon but n'était pas de la « faire vivre » par nécessité, comme on garde un être cher sous respiration artificielle pendant un coma, mais de lui redonner un semblant de vie. Acceptable, à défaut d'être heureuse.

Et finalement, contre toute attente, une lueur est apparue au bout du tunnel. L'équipe médicale, à qui je foutais une pression énorme, a fini par trouver le traitement miracle ! Depuis une poignée d'années, maman va beaucoup mieux. Elle a pu retrouver un semblant de lucidité, parvenant même à me raconter des bribes de son passé, l'esprit presque libéré de ses hallucinations auditives, plus calme, plus posée, et souriante. Elle comprend désormais ce qu'on lui dit, les questions qu'on lui pose, parle parfois d'elle-même avec un discours parfaitement construit, elle rit, s'intéresse aux autres, cherche même à faire des activités. Et même si tout semble reposer sur un équilibre précaire, elle est au moins soulagée d'une sacrée bonne partie de sa souffrance. Et ça, ça fait toute la différence !

Le quotidien est depuis lors devenu plus léger, pour tout le monde. Ce fut comme la première pierre d'une reconstruction qui pouvait enfin débuter.

J'ai terminé mes études, écourtées par une envie plus que légitime d'accéder le plus rapidement possible à mon indépendance économique, j'ai décroché un premier job, commencé à renouveler ma garde-robe, à prendre plus soin de moi et même pu sortir sereinement avec un cercle amical nouvellement constitué. Mes premiers voyages loin de chez moi, loin de mes parents… les quatre coins de l'Europe, la Thaïlande… New York ! Un avant-goût de la liberté et du bonheur tant attendus !

Et pourtant, pourtant… maintenant que les plus grands combats de ma vie semblent derrière moi, je me rends compte que je suis bien loin de ce bonheur auquel j'aspirais. Tout semble me revenir à la tronche à la façon d'un boomerang. Un retour de flamme dans toute sa splendeur. Il y a un tel bordel dans mon crâne ! Et je ne sais même plus par quel bout prendre les choses… Je réfléchis – ou devrais-je dire je rumine – à longueur de journées sans jamais voir la lumière au bout du tunnel. J'analyse, je regarde les choses sous tous les angles, j'ai de temps à autre l'impression d'avancer, de réussir à vaincre mes démons… et puis une nuit de sommeil suffit à tout effacer et je me lève le lendemain la tête pleine d'interrogations, de peurs, d'angoisses, de frustrations… C'est peine perdue. »

Vida, le visage tourné vers son interlocuteur, faisant montre d'une écoute attentive, hoche la tête presque imperceptiblement. Et d'une voix amicale et sincère, l'invite :

« Laisse-moi t'aider à y voir plus clair. »

Taedium vitae

« Ce mal de vivre, je ne saurais pas dire exactement à quel moment il a commencé à s'introduire dans mon existence. Plus jeune, jusqu'à ma sortie de foyer, mes pensées ne se manifestaient que sous la forme d'images. Elles défilaient dans mon esprit à la manière d'une rivière qui s'écoule doucement, sans obstacle ni obstruction. J'étais rêveur, souvent tourné vers mon univers intérieur. J'aimais déjà ressentir des états d'âme profonds et étranges, déclenchés par des stimuli extérieurs, une musique, une odeur qui se mêlaient à mon humeur du moment. J'étais souvent épris de jeunes filles, seul dans mon coin et dans ma tête. Des amours à sens unique, idéalisés et qui semblaient me convenir. Mes petites amies imaginaires m'accompagnaient tout le jour durant, et les parfums des autres, bien réelles, m'envoutaient, se fondant aux senteurs du printemps et de végétation citadine, chargée de pollution et de pollen.

J'avais une conscience et une connaissance du monde et ses réalités qui avoisinaient le néant, je ne me préoccupais pas de l'avenir, seuls m'intéressaient le retour chez mes parents, et l'accès illimité aux jeux vidéo et aux films. D'autres sources d'évasion…

Ce doit être la confrontation avec la vie d'adulte et ses difficultés qui m'a fait réaliser que les choses n'étaient pas si simples, qu'il ne suffisait pas de rêver d'amour et de jours qui s'écoulent paisiblement pour avoir accès au bonheur, comme s'il était un dû. Comme si je pouvais me contenter de ne pas me comporter en crapule finie pour que la providence m'offre tout sur un plateau : une jolie femme, une grande maison et un boulot tranquille.

Ce doit être aussi l'ouverture aux mots, amorcée par la littérature et la philosophie. J'y ai rapidement pris goût. Pouvoir, par le biais de l'écriture, partager ses pensées et sentiments profonds, sa vision de la vie, ses réflexions. Être capable de les faire éprouver à ses lecteurs qui peuvent s'identifier à eux. J'ai accédé à un monde de concepts, d'idées, de définitions. Un monde qui me permettait de mettre des mots sur des maux et de partir à la recherche de la "Vérité" ultime, la pierre philosophale, l'illumination. Mais y accéder, finalement, c'était comme ouvrir la boîte de Pandore, entrer dans une caverne aux galeries et intersections infinies, on avance dans le noir, à la recherche d'un trésor qu'on sent pourtant tout proche mais qui semble s'éloigner à mesure qu'on progresse vers le fond. Et plus on s'enfonce, et plus on réalise qu'on ne trouvera pas la sortie si facilement... On finit même par se demander, une fois qu'on y est bien profondément engagé et qu'il est impossible de rebrousser chemin, si l'entrée en constitue en fait l'unique issue.

Paradoxalement, plus j'avançais dans mes méditations philosophiques à la recherche du Nirvana, et plus je m'éloignais de mon but. À la manière de l'Ecclésiaste, observer, analyser "tout ce qui se fait sous le soleil" m'aura conduit à la même conclusion : "tout n'est que vanité et poursuite du vent"[6].

C'est Baudelaire qui m'aura, en définitive, familiarisé avec ce concept et qui m'aura permis de réaliser qu'au moins, si tant est que ça puisse être une consolation, je n'étais pas le seul à ressentir ce sentiment si difficile à décrire tant il est amer, tant la douleur qu'il fait naître est vaste, profonde et incompréhensible à la fois. Le "Spleen", l'ennui existentiel, le malaise fondamental. Et le pire de tout, qui n'a aucune cause précise. On a beau la chercher, on ne fait que tourner en rond, plonger dans des réflexions sans fin qui nous mènent à la frontière de la folie. On émet des hypothèses, ça peut être tout et son contraire : l'ennui, les difficultés de la vie, l'absence de perspective, la peur de la hiérarchie… Le soleil ! Pourtant synonyme d'été et de joie, me renvoie invariablement à des jours sombres pendant lesquels la solitude et le non-sens me précipitaient dans l'abîme.

Depuis que j'ai été initié à ce mode de pensée, j'ai décidé de bâtir, à l'aide de principes solides, forgés à partir de mes réflexions ou de celles des autres, des

---

[6] L'Ecclésiaste – Livre de l'Ancien Testament dont l'auteur se présente en tant que « Qohelet », fils de David, et ancien roi d'Israël à Jérusalem.

anciens, que je m'approprie, ma propre maison philosophique. Un arsenal spirituel, si tu veux, un lieu qui sert à fabriquer les armes dont j'ai et j'aurai besoin pour accéder à la paix intérieure.

Il y a en fait tout un tas d'obstacles qui m'empêchent d'être heureux. Ces obstacles peuvent prendre la forme d'événements extérieurs, qui surgissent dans ma vie indépendamment de ma volonté, une réalité qui s'impose à moi et m'attaque à la manière d'une arme blanche sur un champ de bataille. Et puis il y a ceux qui proviennent de mon esprit, tel que ce sentiment de crise intérieure.

Partant de ce constat, j'ai décidé de me forger deux types d'armes. Les premiers doivent servir à me protéger, ou à annihiler les attaques venues de l'extérieur, les événements indésirables, face auxquels il n'y a pas d'autres choix que d'agir. Seule l'action, destinée à anéantir ou à changer fondamentalement les événements me permettra de me rapprocher du bonheur duquel ils m'écartent.

Les autres, de nature éthérée si je puis dire, des armes de pensées, philosophiques, doivent me permettre de regarder les souffrances sous un autre angle, qu'elles trouvent leur source directement dans mon esprit ou qu'elles soient indirectement créées par la venue d'un événement indésirable dans ma vie. Les regarder sous un jour nouveau, les analyser jusqu'à ce qu'elles ne génèrent plus de douleur. Un événement, en soi, n'est jamais bon ni mauvais, et il suffit parfois de s'en détacher, de le considérer sous un autre angle pour qu'il perde sa charge émotionnelle.

Un de mes objectifs est de ne plus autoriser la présence de souffrance dans ma vie, quelle qu'en soit la source. La tristesse, le mal-être, la faiblesse… je ne veux plus qu'elles aient leur place dans mon existence. "Chasser le chagrin de mon cœur et éloigner le mal de mon corps", pour citer de nouveau l'Ecclésiaste.

Malheureusement pour moi, les ennemis sont nombreux, et plus j'en élimine, plus de nouveaux surgissent de tous bords, accompagnés par le spectre de certains vaincus auxquels je pensais pourtant avoir porté un coup fatal. Je suis exténué par ces batailles incessantes… et surtout lorsque survient cette mélancolie insondable qui se répand sur l'existence. Un monstre d'une force d'autant plus redoutable qu'il m'est impossible de l'attaquer, ne sachant pas ce qui l'a engendré. Je n'ai aucune prise sur lui, et la teinte qu'il donne à ma vie, la privant de toute saveur, m'est insupportable.

J'aimerais vraiment ressentir tous les jours cet état d'esprit indéchiffrable qui me fait entrer dans une sorte d'éternité, mélange de passé nostalgique et de futur prometteur. C'est le jour et la nuit. Lorsque j'entre dans cet état, je me sens bien, confiant, indestructible ! La vie reprend son éclat, je peux passer des heures à m'extasier devant le simple spectacle que m'offrent des immeubles parisiens sous la pluie. La vie s'ouvre à moi, et elle n'a plus besoin de sens ni de justification. Elle est là, tout simplement.

J'observe, je sens, je ressens. Le silence intérieur s'installe en moi et un état de grâce emplit tout mon être. Malheureusement, il est souvent de courte durée et j'ai l'impression d'être à l'origine de sa furtivité. J'aimerais tellement le retenir que j'essaie de le rationaliser, je réactive la machine cérébrale, je l'analyse, tente de lui trouver mille justifications… et je retombe fatalement dans le mal-être ».

Attentif au moindre mot prononcé par David, son étrange interlocuteur, toujours assis près de lui sur le banc de bois, ne l'a pas quitté un instant du regard. Un silence s'installe, marquant la fin du discours. À l'instar du jeune homme, Vida se détourne légèrement de lui et fixe son regard sur l'arbre aux feuilles dorées étincelantes, avant de prendre à son tour la parole.

« "La vie est un pont, traverse-le, mais n'y fixe pas ta demeure", tu as plus que certainement déjà entendu cette citation, mais t'es-tu déjà penché sur sa signification ? Au-delà d'un rappel de votre condition de mortel, elle met aussi l'accent sur le fait que la vie sur Terre est un songe, un simple passage d'un point A à un point B, une parenthèse entre deux néants, l'un précédant la naissance et l'autre succédant à la mort.

Par ailleurs, les probabilités pour que chacun d'entre vous ne naisse sont tellement maigres ! Sans parler de la simple rencontre du spermatozoïde et de l'ovule, celle de vos propres parents a si peu de chances de se produire au regard de l'infinité des possibilités… Et tu en es un bel exemple. Un père portugais qui fuit la dictature de son pays natal. Une mère d'origine italienne, née en Tunisie et dont la famille fuit les attentats perpétrés contre les structures gouvernementales françaises. Les deux personnages se retrouvent à Paris. Ta mère rencontre un homme, avec lequel l'union aurait pu engendrer de tout autres enfants que ta fratrie et toi, mais duquel ton père la détournera… Combien d'histoires, combien de rencontres sont similaires à celles-ci ? Les fruits de l'Histoire, de décisions individuelles, d'effets papillon…

La vie n'a rien d'obligatoire, elle est encore moins un dû. Par conséquent, elle n'est assujettie à aucune promesse de perfection. N'étant pas nécessaire, elle peut se contenter d'être agréable. Ou pas. Juste être ce qu'elle est. N'étant pas la norme, puisque sur ce point-là, le néant semble la supplanter, elle pourrait presque être considérée comme un accident, une anomalie… et vos naissances comme d'heureux hasards.

Une multitude de hasards au sein d'une anomalie éphémère, qu'y-a-t-il de plus absurde que d'y chercher un sens ? Ce qui vous égare, c'est que votre conscience, semblable à un feu que l'on fait naître et entretient avec soin, s'éveille graduellement. À l'âge de la petite enfance, vous n'avez pas encore de mémoire. Les premiers souvenirs se forment après cette période d'amnésie infantile, lentement. Vous vous éveillez petit à petit à la réalité qui vous entoure, aux stimuli et aux sensations qu'ils déclenchent dans votre corps. Tout ça se consolide dans votre psyché, et puis tout à coup, on pourrait croire que vous avez toujours été là. Ce qu'il y avait avant ? Vous n'en avez cure, vous ne vous en souvenez pas. Cette vie est la norme, elle vous est due. Le bonheur, l'épanouissement, le sens, l'amour, rester entier, garder ses proches près de soi, tout ça vous est dû. Et c'est normal.

D'un autre côté, si votre conscience devait s'éveiller subitement, comme au sortir d'une anesthésie générale, lorsque vous reprenez vos esprits, brutalement, en un clin d'œil, le monde et ses objets immédiatement accessibles à vos sens, il y aurait de quoi en perdre la raison.

La quête de sens, le besoin inextinguible de tout comprendre, sont naturels, et il faut en passer par la philosophie et les réflexions pour acquérir de la sagesse, accéder à un autre niveau de conscience. Cette faculté de penser est un outil incroyable pour ça, mais lorsqu'il n'y a plus lieu de l'utiliser, prends bien soin de le ranger et laisse-toi aller aux vertus du silence intérieur. Prends du recul. Observe. Observe-toi, toi-même en train de penser et de chercher une explication à ton existence. Sois l'observateur extérieur, et constate que finalement la vie peut bien se contenter d'être ce qu'elle est. Tout peut arriver. Et tant que tu ne partiras pas du principe que ta vie se doit d'être une succession de réussites personnelles couronnées d'un accomplissement final, tu pourras tout accueillir avec détachement et sérénité.

Ne commets pas l'erreur de t'enfermer dans cette entité pensante qu'est ton ego, le spleen nait parfois de cette identification. Reconnaître que tout est absurde, que tout n'est que poursuite du vent, est sans doute difficile à admettre. Mais c'est aussi ce qui te rapprochera le plus de la lumière. Tu l'as dit toi-même : il est temps de sortir de la caverne pour être baigné dans la lumière.

Peut-être est-ce là le premier pas vers l'illumination que tu recherchais tant. Mais j'y reviendrai en temps utile…

En attendant, je t'en prie, poursuis. »

Vae soli

« La solitude et moi, ça fait un paquet d'années que nous avons fait connaissance. La solitude, en tant qu'état, mais aussi et surtout, en tant que sentiment. Âpre, noire, vertigineuse… Elle s'est installée dans ma vie et m'a introduit à la douleur mentale et à l'ennui. Elle a été à l'origine de mon premier vrai malaise, une première prise de conscience, des remises en question, des réflexions à rendre fou. D'ailleurs je pensais le devenir.

Un beau jour, elle s'en est allée, il n'y a pas si longtemps, et je pensais qu'elle ne reviendrait jamais. Elle qui avait pourtant été si tenace, qui s'était immiscée très tôt dans ma jeunesse, me faisant perdre d'innombrables occasions de savourer la vie, avait fini par me lâcher la grappe. Seulement voilà, je me rends compte depuis peu que son absence n'était que provisoire. J'aurais dû me douter que tout cela ne serait que de courte durée.

Il aura fallu qu'un seul de mes amis parte à l'étranger pour qu'inexorablement je ne vois plus personne. Comme s'il était le pilier de tout cet équilibre, de ces journées bien remplies, de sorties, de moments de vraie vie. Tout ça, d'un seul coup, terminé.

À présent, j'éprouve les mêmes ressentiments qu'étant plus jeune, à mon retour au domicile parental, durant ces années amères où j'avais le plus besoin de compagnie. J'en ai bavé. Seul chez moi, à bouillir d'envie de sortir, observer la rue par la fenêtre tout en étant prisonnier dans ce paradoxe de se sentir appelé par le monde extérieur, mais ne pas oser agir. Ressentir pourtant cette envie de vivre, de croquer l'existence à pleines dents, de savourer les correspondances : le temps, les odeurs, la musique, un événement réjouissant... et devoir retomber dans la conscience qu'il n'y a personne avec qui la partager... Dans ces moments, on se sent inutile, mal-aimé. On se demande alors pourquoi ? Pourquoi le commun des mortels semble avoir des amis sur qui compter... et pas soi ? pourquoi pas moi ? Suis-je de si mauvaise compagnie ?

Et plus les questions se bousculent dans ma tête, et plus la haine prend du terrain... J'en ai connu des époques pareilles, une époque pour être plus précis, mais divisée en plusieurs petites périodes, toutes aussi irritantes les unes que les autres... jusqu'à présent me les remémorer me servais de point de comparaison, de point d'ancrage. D'un certain point de vue, avec le recul, je trouvais presque que le drame avait son charme, comme si, sans en être conscient, j'avais traversé un épisode plaisant par certains aspects. Différent, mais tout autant source de bonheur. Ma vie était pauvre en événements, j'étais seul, mais ma vie intérieure, elle, était riche et intense, mes états d'âmes profonds, habillant chaque journée d'une couche presque onirique.

Mais maintenant que je ressens de nouveau les tourments qui en découlaient, je me rends compte que ce n'est vrai que rétrospectivement, et la colère me regagne.

Comme je te le racontais tout à l'heure, tout a commencé à ma sortie de foyer. De retour dans mon quartier d'enfance, j'intégrai un nouvel établissement scolaire, mais inévitablement, je n'y avais plus de connaissances, de camarades, d'amis… et plus de repères. Habitué à être en compagnie de mes potes du matin au soir, et même la nuit durant, j'en avais oublié la difficulté de faire de nouvelles rencontres, je m'étais complu dans cette facilité. Et alors tout s'est enchaîné…

Classe de seconde, où d'abord atténuée par la présence des camarades de classe que je retrouvais parfois en dehors du lycée, la solitude s'est affirmée pendant les vacances de Pâques, au printemps. J'avais placé tant d'espoir en elles, que lorsque je me suis rendu compte de la situation, que je ne voulais pas admettre, la folie s'est insinuée en moi. Je voyais le soleil brûler de mille feux dehors, et mon frère et moi mourir d'ennui à la maison. Nos présences respectives ne nous suffisaient pas. Nous avions tout perdu, et nous connaissions trop bien l'un et l'autre. La nouveauté, le changement se faisaient désirer. Les rues de Paris nous voyaient parfois défiler des après-midis entiers, juste pour tuer le temps, les poches vides et le cœur gros, ressassant inlassablement des anecdotes d'un passé qui nous était cher, et que nous avions pourtant cherché à fuir comme la peste.

S'ensuivirent des vacances d'été encore enfermés, assistant à la décadence de maman. La folie grandissante, et moi pensant perdre les pédales. Je n'arrivais pas à poser des mots sur ce qui m'arrivait.

Je pensais qu'avec la spécialisation en première, de nouveaux camarades viendraient à moi. Je me trompais lourdement. Ce fut l'année la plus horrible et froide de toute mon existence, synonyme de manque de confiance en moi, et durant laquelle eut lieu en prime la première hospitalisation de ma mère en psychiatrie. Solitude, solitude, et solitude, je n'ai quasiment aucun souvenir de cette année, si ce n'est que je passais mes journées à écouter du rap français, que j'étais mal fagoté, seul physiquement et dans ma tête. D'une tristesse infinie.

Terminale. Année où l'obsession pour mes amours secrets à sens unique a pris par la main la solitude, donnant du piment à ma vie. Sans doute un stratagème inventé par mon esprit pour pallier l'ennui. Du piment, et toujours plus de folie, de réflexions à en devenir dingo.

Une année riche en états d'esprits, pour certains plaisants dans mes souvenirs, car ils reflètent, malgré tout, cette capacité que j'ai à apprécier la beauté du monde, cette plénitude que je ressens parfois mais qui ne trouve pas l'occasion de s'exprimer. Le bon côté de la chose si je puis dire.

Et à la rentrée suivante, rebelote. Obsession et paroxysme de la solitude, d'autant que par manque de confiance, de sens, de soutiens, j'avais mis fin à mes études. Je ne parvenais pas à voir où la nouvelle orientation que j'avais choisie, par défaut, me mènerait.

La santé de ma mère se dégradait toujours plus, ses allées et venues entre la maison et l'hôpital étaient interminables.

J'avais fini par décrocher un boulot en tant qu'agent de sécurité, qui devait me permettre de patienter jusqu'à la prochaine rentrée, et surtout, me laisser assez de temps à la réflexion, pour savoir quelle direction professionnelle donner à ma vie. Je me souviens un jour, en rentrant du travail, avoir trouvé maman dans la chambre du fond de l'appartement. Elle affichait une prise de poids importante, assise au sol et regardant la télé. Ou plutôt, les yeux rivés sur la télé, mais l'esprit vagabondant à des kilomètres, complètement anesthésié, confus à cause des médicaments. Ces flashbacks me déchirent le cœur chaque fois qu'ils remontent à la surface.

Auparavant, je ne l'aidais pas comme je l'aide aujourd'hui. Je laissais cette lourde tâche à mon père. Lorsqu'on est jeune on pense plus à son petit monde, à ses soucis, on n'ose pas se mouiller, à la fois par égoïsme, et par manque de courage aussi quant aux décisions à prendre. Tout cela n'inaugurait qu'une série d'hospitalisations de plus, de changements de personnalité.

À cette même époque, j'avais une parfaite illustration de la différence qui existe entre la solitude physique et morale ; entre l'état d'être seul, et le sentiment de solitude. J'avais un boulot, je voyais des gens, des collègues, j'étais physiquement accompagné, mais je ne faisais absolument rien de mes journées en dehors des heures de travail. Ni avec eux, ni avec personne. Et que leur raconter lorsqu'ils te demandent le lundi matin : "alors, t'as fait quoi de beau ce week-end ?" Surtout quand il se résume à "j'ai terminé pour la cinquantième fois Zelda, Ocarina of Time [TM][7]" Alors, tu hausses les épaules et tu leur sers ta réponse passe-partout : "Rien de spécial !"

Puis vint l'université. Une période un peu plus mitigée. J'y avais retrouvé d'anciens camarades du lycée, qui auparavant m'ignoraient complètement, et je commençais doucement à construire de nouvelles relations.

Ma précédente expérience dans la vie professionnelle m'avait permis d'amorcer une transformation, d'abord physique, puisque mon salaire me permettait de prendre un peu plus soin de moi et de mon apparence. Mais j'avais également gagné un peu de confiance en moi. Côtoyer des collègues, même si ce

---

[7] Jeu vidéo – Nintendo 64®, 1998

n'était que pendant les heures de travail, m'avait appris, ou réappris, à sociabiliser.

Ces études à la fac, je ne voyais pas vraiment où elles me menaient, non plus. Je faisais le strict minimum, je me rendais aux cours obligatoires, en évitant le plus possible les amphithéâtres, sans vraiment m'impliquer. Quand je n'étais pas engrainé par mes nouveaux camarades à aller fumer des pétards aux pieds de la tour centrale ou dans les bas-fonds de l'université. C'est incroyable, d'ailleurs, quand j'y repense, qu'existaient ces lieux, au sein même d'un établissement d'enseignement. Les sous-sols étaient un véritable labyrinthe, une succession immense de salles obscures, aux murs de parpaing recouverts de graffitis. Dans certaines, des tas de gravats gisaient à même le sol, ou on pouvait y trouver des objets insolites, tel qu'un bidon métallique ayant servi à réchauffer les lieux, symbole d'une vie marginale et nocturne. Un vrai décor de film d'horreur.

Un jour, j'ai décidé de rompre le silence, de forcer un peu le cours des événements : j'ai appelé mon cousin, qui est aussi mon meilleur ami. Et… la vraie vie a alors pu débuter.

Nous nous sommes revus une première fois. Cette entrevue s'est transformée en routine, et nous avons fini par nouer de plus en plus d'amitiés. Certaines, en commun, d'autres plus personnelles.

Je sortais souvent et, très rapidement, je n'ai plus côtoyé l'ennui, au point d'avoir parfois pensé "je suis tellement sollicité que je ne sais plus où en donner de la tête !"

Et là, tout à coup, je me retourne et il n'y a plus personne. Le vide et le silence s'invitent de nouveau dans mon quotidien, je me retrouve face à moi-même. La platitude domine. Fini le monde extérieur et ses richesses, les sorties baignées de correspondances !

Je repense à ces quelques fois où je parviens à arracher au destin une soirée avec une connaissance et que sur le chemin du retour, je suis aussitôt rattrapé par ce trouble. Déambulant dans les rues, dans un quartier animé de l'est parisien, au milieu de la nuit, la fatigue tirant sur mes yeux, j'observe les jeunes qui crient, jouent, courent, emportés par l'euphorie de l'alcool, en groupe et souvent accompagnés de jolies filles. Et je les envie. La vie doit avoir une autre saveur pour eux. Jamais seuls, aucun moment de vide, une vie tumultueuse et pleine d'aventure !

Moi, mon esprit est un éternel solitaire. »

En signe d'assentiment, Vida hoche la tête de manière presque imperceptible. David se sent quelque peu rassuré, au moins, ses monologues ne sont pas de longues complaintes dénuées de sens. C'est en tout cas le sentiment que lui procurent l'écoute et les interventions de son compagnon.

« Vous êtes à la fois des êtres solitaires et sociaux, chacun une partie d'un tout, des individus formant une société. Vous êtes connectés, reliés les uns aux autres et pourtant, la solitude est votre essence, votre condition première. Seuls dans la naissance, et seuls dans la mort.

La solitude, qu'elle soit physique ou le résultat de liens sociaux insatisfaisants, voire inexistants, a ceci de douloureux qu'elle vous délivre temporairement du vacarme et du mouvement incessant. Le temps s'arrête, le silence est pesant. Face à vous-mêmes, vous redoutez vos propres pensées, vous craignez d'explorer votre intériorité. Elle vous met tout à coup face à une évidence que vous fuyez comme la peste, un sentiment de solitude plus profond s'installe, un sentiment métaphysique, porteur d'une vérité angoissante : vous êtes, serez toujours seuls, et la mort est l'aboutissement inévitable de votre voyage.

Non seulement cette angoisse existentielle vous pèse, mais vous réalisez qu'il vous incombe par ailleurs de porter le poids et la responsabilité de votre propre bonheur. Tout à coup, vous réalisez qu'il n'est plus entre les mains d'un parent, d'un ami ou d'un conjoint. Vous êtes seuls face à vos décisions, vos choix. Libres de choisir la manière dont vous remplirez vos jours et vos nuits, sans l'approbation d'un regard extérieur. Comment savoir si telle activité ou telle autre en vaut la peine ? Cet endroit est-il beau ? Ma vie prend-elle la bonne direction ?

Toujours et encore ce besoin d'acceptation et de sens...

N'appelle pas "vraie vie", comme tu l'as dit à plusieurs reprises, ce qui n'est que conditions de vie. La fête, le bruit, la joie, la foule... peuvent être plaisants pour les uns, détestables pour les autres, et ils ne constituent en rien un objectif à atteindre. Être entouré par une multitude de personnes, emplir ta vie de cette façon te détournera certes de tes questionnements intérieurs, mais cela ne changera rien à ta condition.

Vous avez, en revanche, au même titre que l'eau et la nourriture, besoin de liens et de contacts avec vos semblables pour vivre. Ce qu'il te faut donc, pour en revenir à la solitude qui t'intéresse, la solitude en tant qu'état subi, c'est composer avec elle, sans jamais la laisser s'installer durablement. L'accepter pleinement lorsqu'elle est présente, prendre cette occasion pour te délecter du silence et de la profondeur de l'attention que tu peux alors porter au monde extérieur. Ce sentiment que tu sens monter en toi, graduellement, de plus en plus haut, cette énergie pure qui t'emplit. Lorsque tout à coup, tout se mêle, passé, présent, futur ; odeurs, couleurs, sons... Je crois même que tu les as baptisés ces moments furtifs, lumineux et numineux, que tu cherches à reproduire, mais qui ne surviennent qu'à l'improviste : tes extases laïques.

Comme toute chose, la solitude est impermanente. Certains cycles de solitudes peuvent être plus longs que d'autres, mais comme tout ce qui est, elle a un début et une fin. Elle fuit lorsqu'elle est désirée, elle se présente lorsqu'elle est redoutée. Elle va et vient, se moquant bien de votre humeur du moment.

Repenses-y la prochaine fois qu'elle s'installe dans ta vie et que tu ressens ce sentiment de non-sens. Tu es dehors, cherchant à occuper ta journée, tu marches parmi tes semblables, mais tu te sens abandonné sous le soleil. La ville est baignée de lumière mais ton cœur est infiniment sombre. Tes amis peuvent très bien, à ce moment précis, être entourés, mais ça n'est jamais que temporaire. Il se peut aussi que, comme toi, l'un ou l'autre soit face à lui-même et ressente ce vide existentiel, situation à laquelle il cherchera à mettre fin au plus vite. Ou peut-être qu'il n'en est rien et qu'il profite de ces instants et les considère comme une chance. Chacun face à lui-même, ses décisions, ses choix. Et le regard qu'il porte sur les événements. Seul à ton égal, ou avec l'illusion de ne plus l'être.

Pense également à ces jeunes que tu envies. Ils te donnent l'impression d'avoir atteint des sommets d'éternité, que leur vie aura valu la peine d'être vécue. Et cependant, encore une fois, tout n'est qu'illusion, une question de temporalité. Car chacun d'eux finira bien par rentrer chez soi, tout comme toi. Tôt ou tard, ils iront dormir. Tôt ou tard. Dans une heure, dans plusieurs, au petit matin… demain soir pour les plus téméraires. Des couples se formeront, quand d'autres se déferont. Les réveils seront plus ou moins douloureux. Et chacun reprendra son quotidien, fait d'obligations, de tâches à accomplir, de décisions à prendre. La solitude entrera et sortira de leur vie par intermittence. Ils se retrouveront les uns les autres, parfois ; leurs routes se sépareront, d'autres fois. D'autres encore ne se reverront plus jamais. Les liens se font et se défont. La distance géographique, du cœur… la mort. Encore et toujours, l'impermanence de chaque chose. Tout est illusion et rien n'est acquis.

Solitude et compagnie sont les deux faces d'une même pièce. Et parfois, il suffit de donner des petits coups de pouce au destin pour basculer de l'un à l'autre : un appel, une invitation, prendre des nouvelles, sortir, voir le monde, parler aux gens…

À l'inverse, une fois entouré, prend bien soin de profiter de la présence des êtres qui te sont chers lorsqu'ils sont à tes côtés : ta famille, tes amis. Ils font partie de l'essentiel de la vie. Malheureusement, dans la continuité de ce que j'avançais tout à l'heure, vous avez tendance à oublier qu'ils sont comme neige au soleil. Vous tenez pour acquis qu'ils vous suivront jusqu'au bout du chemin. Jusqu'à un âge avancé direz-vous. Cet âge lointain, nébuleux, tellement incertain que vous avez bien le temps de le voir venir, pensez-vous.

Profite d'eux, tant que tu le peux. Vis chaque rencontre comme si elle était la dernière. Avec une présence et une attention consciemment intensifiées. »

David a la désagréable sensation que Vida lit en lui comme dans un livre ouvert. Comment se fait-il qu'il connaisse ses pensées, ses réflexions personnelles, qu'il sache pour ses angoisses, ses peurs… et pour ses moments d'extase ?

Rien n'a plus de sens depuis le réveil de ce matin. Quand il repense au trou à rats duquel il s'est extirpé, cela lui semble déjà bien loin ! Il ne sait toujours pas ce qui l'y a mené, ni pourquoi il n'a plus aucun souvenir des événements qui ont précédé. Et sa rencontre avec ce personnage ne fait que prolonger l'étrangeté de cette journée irréelle. Qu'il sache, après tout, n'est pas plus étonnant que tout le reste.

Ses conseils et son analyse des choses sont en tout cas très justes et réconfortants, pense David. C'est comme si lui-même avait toujours été proche des mêmes conclusions, si proche de la vérité, mais n'était pas parvenu à aller au bout de ses réflexions, comme aveuglé par d'autres craintes, des désirs… que cet être semble ne pas avoir.

« S'il pense qu'il est arrivé au bout de mes peines, il se trompe », pense David. « Tu es prêt pour la suite, Vida ? Ça vaut le détour ! »

Vultus est index animi

David porte ses mains à son visage, se frotte les yeux et reste un moment dans cette position, avant de soupirer longuement. Ce qu'il s'apprête à révéler lui est pénible, même à un esprit venu le conseiller dans un univers parallèle.

Rien de bien honteux, et malgré tout, il est envahi par ce sentiment d'être amoindri. Une blessure de l'ego qu'il faudrait taire et cacher au plus profond de sa psyché. Après tout, il est déjà allé bien assez loin dans l'ouverture de son âme. Que risque-t-il ? Vida semble ne porter aucun jugement moral sur toutes ces révélations. C'est maintenant ou jamais l'occasion de se livrer entièrement.

« À côté du démon dont je vais te parler – parce que c'est à ça que je le compare, un monstre, une bête qui s'est introduite en moi – le spleen et la solitude sont des Lilliputiens. Elle vit en moi et est totalement indépendante de ma volonté. Je n'ai aucun contrôle sur elle, et elle me rend la vie impossible.

Tout a commencé, il me semble, au collège. Ça faisait une paire d'années que j'étais en foyer, avec cette pensée qui avait pris racine en moi : je ne suis pas comme les autres. Mon frère, mes copains et moi, sommes différents. Des enfants de la DDASS, des enfants au passé trouble, à qui il est arrivé des choses terribles. Des enfants cassés, brisés. Qui puent, qui n'ont pas toutes les fournitures scolaires exigées par les professeurs, qui ne changent de vêtements que deux fois par semaine, dont le cahier de texte est constellé de signatures… et qui racontent des histoires sur un directeur d'établissement qui les terrifie, mène la vie dure à tous et en tabasse certains.

Du coup, chaque fois qu'un prof m'interroge, que les projecteurs sont sur moi et que l'ensemble de la classe se tourne vers moi, je rougis. Rien de bien méchant, je ressens une légère chaleur sur mes joues et mon front, je suis mal à l'aise. Mais il en faut toujours un, ou une, un gros con d'enfant de bourge, né avec une cuillère d'argent dans la bouche pour le souligner : "Regardez, il rougit !" Forcément, ça ne fait qu'ajouter de l'huile sur le feu. Ça s'intensifie et ajoute à mon mal-être. La honte et la colère s'invitent en moi et se mêlent l'une à l'autre dans un bouillonnement d'émotions qui ne demande qu'à exploser.

Dit comme ça, ces épisodes semblent assez anodins. Un adolescent timide, ayant une réaction physiologique lors de la prise de parole en public. Rien de plus courant, tu me diras. Mais les choses se sont un peu corsées par la suite. Et notamment, après mon retour chez mes parents.

J'étais alors encore moins sûr de moi, je remettais en cause le moindre de mes choix : "Je me coiffe plutôt comme ci, ou comme ça ? Je mets quels vêtements ? Ça fait cool ? Mon acné est vraiment sévère, ou ça peut aller quand même ?"

Les autres jeunes, ceux issus de familles normales, en général, on les accompagne, on les aide à grandir. À choisir leurs vêtements, on les conseille. Je me sentais, moi, complètement seul face à mes choix. Ma maigre garde-robe n'était constituée que de quelques vêtements que les éducateurs m'avaient achetés au foyer et qui avaient plus ou moins survécu. La plupart n'avaient pas réussi à suivre ma croissance et peinaient à atteindre le bout de mes membres. Papa galérait tellement financièrement que nous acheter des fringues était la dernière de ses priorités. J'essayais donc de jongler avec mes deux ou trois pulls miteux et raccourcis, je pouvais en garder un sur le dos quatre jours d'affilée ou bien j'alternais entre deux, pour faire illusion. Mais les jeunes sont très observateurs et bien trop attachés à l'apparence, on ne les trompe pas aussi facilement. Je me sentais physiquement repoussant, et ma solitude me confortait dans ce sentiment de rejet.

Je restais seul, la tête basse, balbutiais et rougissais chaque fois qu'un prof me faisait prendre la parole. Je redoutais toute occasion où il fallait s'exposer au regard des autres, de la classe entière.

J'étais pourtant encore loin du pire, loin d'imaginer que la bête pouvait grandir en moi, avoir plus de présence dans ma vie et me faire sombrer dans une souffrance bien plus profonde. La situation a empiré après le premier internement de maman. Je me souviens, ce jour-là, je pensais être libéré de tout ça, du poids du regard des autres. Je me disais : "Je viens de vivre un épisode qui, en dépit de mon apparence merdique, rend vos jugements insignifiants ! Je n'ai pas le droit de me sentir mal face à vous !" Je pensais qu'avoir traversé un tel drame allait me réorienter vers l'essentiel, rabaisser la bête au rang de petit agneau inoffensif. Et pourtant…

De façon tout à fait anodine, un beau jour, peu de temps après cet événement, le professeur nous demande de lire un livre, à voix haute, quelques lignes chacun, en donnant la parole à tour de rôle à chaque élève. Mais pas de manière aléatoire, non ! Au contraire, en suivant l'ordre des tables dans la classe, ce détail a son importance. Car, à mesure que mon tour arrivait, je sentais le rythme des battements de mon cœur s'accélérer. Un élève lisait, et le prof désignait le suivant. Impossible de fuir, impossible de se défausser, j'allais y passer, inexorablement. Je pense que la lecture aléatoire aurait tout changé… là, le fait d'attendre mon tour, la torture de l'attente, faisait battre mon cœur avec une telle force que j'avais l'impression qu'il allait exploser. Et quand mon tour fut arrivé, je n'avais plus d'air dans les poumons. Mon corps était dans un tel état de panique, que j'ai cru que j'allais mourir sur le champ. Ce que j'aurais préféré, je crois. Car ma lecture hachurée, ma voix tremblotante, ma nuque crispée, ne laissèrent, je pense, aucun doute à mon auditoire : j'étais pétrifié, et en proie à une sévère crise d'angoisse qui fut la première d'une longue série qui gagna par la suite en fréquence et en intensité.

Au départ, elles ne se manifestaient que dans des situations similaires à la première : une prise de parole en public. Elles étaient d'autant plus violentes que l'exposition se faisait avec de l'attente au préalable.

L'attente ! Rien n'était plus horrible que l'attente. Je me débrouillais plus ou moins bien si j'étais pris au dépourvu : c'était comme plonger dans l'eau glacée sans avoir tergiversé (quoique j'avais vite appris à identifier les cours et les professeurs qui m'exposeraient de manière quasi certaine). Mais si attente il y avait, mon cerveau réagissait comme si j'étais sur le chemin de la guillotine.

Si j'étais dans les premiers, la panique n'avait pas le temps de me mettre dans un état d'affolement. Mais si une vingtaine d'élèves me précédait dans l'exercice, si l'exposition se rapprochait de moi graduellement, passant d'un élève à l'autre à un rythme lent et régulier, j'avais tout le temps de sentir l'angoisse monter. Mes mains devenaient moites et froides, mon corps tremblait, mon cœur sortait de ma poitrine et je pouvais sentir ses pulsations dans ma gorge. L'air me manquait. J'avais beau essayer de me raisonner, il n'y avait rien à faire. Mon cerveau reptilien flairait le danger, mon cœur explosait, mon souffle devenait court, je paniquais. "L'attaque ou la fuite", semblait-il vouloir me hurler. Mais ni l'un ni l'autre n'était possible, pas ici, pas maintenant, pas dans cette société civilisée. Surtout pas en l'absence de tout réel danger. Mes yeux se tournaient instinctivement en direction de la porte de la classe, seule issue possible. Je m'imaginais me lever, feindre une envie pressante d'aller aux toilettes... ou même admettre publiquement ma faiblesse : "Je ne peux pas, désolé, je n'y arrive pas !" Mais mon égo m'en empêchait.

Un nouveau conflit éclatait en moi, entre le cerveau archaïque qui réclamait une mise à l'abri, à coups d'adrénaline, et l'égo qui refusait de perdre la face et de s'avouer vaincu. Et je sortais de cette épreuve en sueur et tremblant de toute part. Un lapin dans son terrier ayant échappé de peu à la mâchoire du loup.

Quelques années plus tard, lorsque j'ai commencé à aller à la fac, la bête s'est manifestée dans un tout autre contexte que celui de la salle de classe, me pourrissant la vie encore un peu plus. Son nouveau terrain n'était autre que le métro parisien.

Je le prenais quotidiennement, ou presque, pour me rendre à l'université. Un jour, je suis assis face à une jeune fille. Elle est plutôt jolie. Elle me regarde. Un peu trop intensément à mon goût. De mon côté, je fais mine de regarder à l'extérieur, feignant d'être absorbé par mes pensées, les yeux plongés dans les graffitis, dans le défilé de câbles et de néons recouvrant la paroi du tunnel. Mais du coin de l'œil, je vois son reflet dans la vitre. Elle m'observe toujours avec insistance et ne semble pas vouloir décrocher. "Qu'est-ce qu'elle a ? Je ressemble à Quasimodo, c'est ça ? Elle a jamais vu un mec aussi mal fagoté que moi ? Elle a qu'à aller voir ailleurs si j'y suis ! À moins que… et si… je lui plais ? Peut-être que je me crois moche, mais qu'en fait… ?"

À partir de là, la partie était terminée. Je sens la bête se manifester. Sa chaleur m'emplie, doucement, graduellement, elle se répand en moi et il n'y a plus aucun moyen de renverser la vapeur, je le sais. Je sue abondamment, j'essaie de garder un air naturel, mais je sais bien que mes clignements d'yeux incessants, ma gorge qui déglutit à chaque seconde, signe d'un manque de salive, mon visage qui s'empourpre, mon cœur qui bat la chamade, proche de l'explosion, m'ont déjà trahi, et, pire, m'ont fait passer pour le mec le plus bizarre du monde. Si elle voyait en moi un gars curieux ou étrange, elle aurait eu de quoi avoir une belle confirmation. Si je lui plaisais un tant soit peu, ce dont je doute fortement, je pense que j'aurais tué tout espoir dans l'œuf.

Après ça, les trajets en métro sont devenus un véritable enfer.

Au départ, de manière assez classique, la bête ne se manifestait qu'en présence du sexe opposé. De la jeune fille au visage d'ange et aux jambes de déesse en passant par la milf bien conservée, il suffisait de peu pour que je perde les pédales : une trop grande proximité, un regard insistant. Mon dialogue intérieur était d'abord dirigé vers la personne qui était à l'origine de la crise : "Détourne le regard, putain, mais regarde ailleurs !", puis s'adressait à la bête : "Pas maintenant, merde, mais pas maintenant !"

Et puis, petit à petit, elle s'est manifestée en présence de n'importe qui. Tout le monde pouvait être à l'origine d'une crise, quel que soit son genre, son statut dans la société, du geek à moitié endormi, à l'africain en boubou, en passant par toute la palette de connards en costume-cravate, pour peu qu'il me fixe avec un peu trop d'insistance.

La paranoïa prenait possession de mes pensées. J'entrais dans la rame dans un état d'hypervigilance, cherchant à repérer du coin de l'œil qui était déjà en train de me dévisager. J'avais l'impression que tous les passagers le faisaient.

Les crises pouvaient survenir pendant que j'étais debout, planté au milieu de la rame, me tenant d'une main à l'une des barres poisseuses en métal. Si j'étais le seul à être debout, la partie était jouée d'avance, puisque j'avais l'impression d'être le centre de l'attention. Mon système nerveux qui n'a de sympathique que le nom, celui-là même qui intervient dans les situations d'alerte, déraillait. Il m'envoyait une décharge d'adrénaline qui, en l'absence de tout danger réel, ne trouvait pas la réponse corporelle adéquate. Pas de passage à l'action. Je restais fermement agrippé à la barre, ne sentais plus le sol sous mes pieds, mes jambes étaient comme faites de coton. Maintes fois je me voyais tomber et être à l'origine d'un "incident voyageur" qui aurait mis à la bourre une centaine de parisiens. Ils l'auraient tous bien cherché d'une certaine manière... Mais je m'accrochais, tout mon corps luttait contre cette décharge soudaine d'hormone inutile. Et quand le raz-de-marée était passé, je poursuivais mon chemin, fatigué, trempé de sueur et envahi par la honte et la colère.

Il m'arrivait de mettre en place des stratagèmes d'évitement. Lorsque je sentais la bête se manifester, et si j'avais la chance que la rame soit à quai, je descendais du métro, parfois au moment où le signal sonore retentissait et juste avant la fermeture des portes. Si l'attaque ne trouvait jamais d'occasion de se manifester, la fuite, elle, restait possible. Le sentiment d'échec et de honte n'en était en revanche que plus vif. L'avantage, si tant est que je puisse en trouver un, c'est qu'une fois la crise passée, lorsque mes synapses s'étaient nettoyées, j'étais vacciné pendant quelques heures, immunisé contre le regard des autres et les réactions disproportionnées de mon organisme.

Je savais par ailleurs, au fond de moi, que je ne devais pas en arriver à des évitements extrêmes, comme cesser de prendre les transports en commun, ne plus sortir de chez moi... Je pressentais qu'ils auraient pu avoir des répercussions bien plus graves dans ma vie, comme me conduire à une désocialisation totale et toutes les conséquences que cela aurait

pu entraîner. Sur mes études, ma vie professionnelle… et toujours plus de solitude.

À cette époque, les troubles de dépersonnalisation,
cette sensation d'être détaché de mon propre corps et
de me voir comme un spectateur extérieur, étaient fré-
quents. Comme si mon âme n'était pas ou plus à l'aise
au sein de cette enveloppe charnelle qu'elle cherchait
à fuir. Cela alimentait le cercle vicieux. Dès lors
qu'une tierce personne posait ses yeux sur moi, un
transfert s'opérait, je me voyais à travers son regard,
je voyais le jeune homme à l'apparence d'adolescent
prépubère, mal habillé, "bizarre". Et, comme pour lui
donner raison, la bête en rajoutait une couche.

C'est en me mettant au sport, et notamment au Tae
Kwon Do, depuis peu, que j'ai commencé à noter des
améliorations. Il me permet de me décharger d'un
trop plein d'énergie et en même temps, voir ma forme
physique et ma musculature évoluer me donne un
peu plus de confiance en moi.
Les transports en commun ne sont plus un problème aujourd'hui. La bête se manifeste beaucoup
moins, mais elle trouve toujours le moyen de surgir à
des moments où j'aimerais qu'elle… ferme sa gueule.

J'ai aussi décidé d'en parler à un psy. À la base,
c'était pour parler de maman et de toute la souffrance
que je ressentais que j'ai fait appel à lui. Et puis, il m'a

fait bifurquer sur les "autres cailloux dans ma chaussure", comme il dit. Il aime les métaphores.

Je l'ai choisi parce que son cabinet est tout près de chez moi, c'est assez pratique. Me confier à lui m'a fait du bien, même si je trouve qu'il est souvent à côté de la plaque.

Quand j'ai un entretien prévu avec lui, je sonne parfois pendant dix bonnes minutes à sa porte avant qu'il ne vienne m'ouvrir. Il apparaît, alors que je suis sur le point de faire demi-tour, les yeux bouffis et les cheveux en pétard, signe que je viens de l'interrompre au milieu d'une bonne grosse sieste. Il s'installe devant moi, croise les jambes. J'observe les savates en cuir qu'il porte aux pieds. Son appartement ne doit pas être bien loin, ou alors il dispose d'une petite salle de repos à l'arrière de son cabinet. Il me regarde et me gratifie d'un long et large sourire silencieux. On entend des petites bulles de salive qui claquent à l'intérieur de ses joues. On dirait un illuminé.

En parlant métaphores, il m'en a sorti deux de son chapeau à propos de "la bête" : la métaphore du ballon, et la métaphore de la bite. La seconde, ce n'est pas lui qui l'a baptisée comme ça, c'est de moi.

Ce qu'il essayait de me dire, en gros, c'est que si la bête a pris une telle importance dans ma vie, c'est que j'ai mis trop d'énergie et de volonté à vouloir la museler, l'enfouir au plus profond de mon inconscient. Et pour reprendre ses propos "qu'arrive-t-il lorsque tu essaies d'enfoncer un ballon dans l'eau ? Oui, plus tu appuieras dessus, plus tu le feras pénétrer profondément, et plus il rejaillira violemment de la surface".

Lorsqu'il m'a sorti sa seconde métaphore, il l'a fait sous forme de devinette. Bien enfoncé dans son fauteuil, dans lequel il se berçait doucement, jambes croisées comme à son habitude, il m'a questionné : "Un des plus gros inconvénients de ces crises, pour toi, c'est le rougissement du visage, parce que c'est un des plus manifestes. À ton avis, si je te demande, quel autre organe se gorge de sang ?"

Il observait ma réaction, en silence, large sourire lumineux aux lèvres. Il était pas peu fier de lui ! Mais qu'est-ce qu'il insinuait ce crétin ? Que je bande de la tête ? Et si c'est le cas, si vraiment cette manifestation est une énergie sexuelle refoulée, mais alors, ça signifierait que j'ai envie de me taper la terre entière ?

Enfin, toujours est-il qu'arrivé à ce stade de ma vie, j'en suis donc à me demander comment faire pour qu'une si petite chose qu'est ce sentiment d'insécurité que je ressens depuis trop longtemps laisse place une bonne fois pour toute à la force, à la sécurité intérieure en toute circonstance. Ce que j'essaie de dire, c'est que j'ai traversé une telle ribambelle d'événement horribles, que ça ne devrait pas m'effrayer, je ne devrais même pas admettre son existence. Je ne sais pas exactement pourquoi il se manifeste : la peur de la honte ? la peur de déplaire ? de choquer ? Qu'importe, j'ai traversé bien pire dans ma vie et j'ai appris à l'accepter. Alors, pourquoi m'inquiéter pour des choses si dérisoires ? D'autant que nous sommes tous égaux face à la mort, inéluctable pour chacun de nous, alors pourquoi s'attarder sur des futilités ?

Parfois, la beauté d'un paysage me frappe avec une force incroyable, surgissant même au détour d'une rue parisienne, baignée d'une musique et d'un parfum enivrant. Je me retrouve porté sur des sommets d'euphorie si hauts que ce problème, tout à coup, semble minuscule, ridicule, insignifiant. Et j'aimerais qu'il reste ainsi, à jamais… car il m'empêche de savourer pleinement l'existence comme je le devrais ! »

« Ton psy a bien raison sur ce point : plus tu lui fourniras de quoi se repaître, à cette bête, plus elle grossira. Elle sera de plus en plus visible et présente à ton esprit. Comme dans la célèbre métaphore des deux loups que chacun porterait en son for intérieur et qui se livrent bataille. L'un représentant les émotions négatives, l'autre les émotions positives. À la question : lequel des deux gagne ? La réponse est : celui que tu nourris !

Si je puis me permettre un petit trait d'humour, et puisqu'elle me semble tout à fait appropriée, connais-tu par ailleurs la blague du psy ? »

Devant l'absence de réponse de son interlocuteur, qui semble boire ses paroles et attendre la suite avec avidité et une certaine lueur d'espoir dans les yeux, Vida poursuit :

« Deux amis discutent ensemble. Ils abordent leurs soucis respectifs, lorsque l'un d'eux avoue avoir suivi une thérapie. "Tu comprends, je n'en pouvais plus de pisser au lit", confesse-t-il. Et l'autre de lui demander :

- "Et, du coup, c'est bon ? Tu ne pisses plus au lit ?"

- "Si, si !", réplique le premier, "Mais maintenant, je m'en fous !"

Vida observe la réaction de David, dont les yeux dérivent, comme s'ils cherchaient désespérément à attraper le sens caché derrière la plaisanterie, qu'il perçoit sans parvenir pourtant à le saisir.

En bon narrateur, il maintient le suspens quelques instants, laissant à David la possibilité de traiter l'information et de peut-être réaliser ce qui vient d'être dit, puis dévoile le mystère derrière son énigmatique boutade.

« Ce qu'elle signifie, reprend Vida, c'est qu'une situation donnée ne deviendra problématique que si tu le décides, et l'importance que tu lui accorderas pourrait en faire une montagne. Prends un autre exemple : une femme ronde. Dans votre société, être rond, gros, obèse est un problème pour beaucoup. La plupart des gens auront une opinion négative sur cette apparence physique, et les personnes concernées n'en auront pas une meilleure, et en souffriront. Mais imagine un instant que parmi elles, une seule personne s'en moque éperdument. Elle est ronde, elle le sait, mais s'accepte tout à fait telle qu'elle est et ne se soucie pas de l'opinion des autres. Tout à coup, ce ne sera plus un problème.

Rougir, balbutier dans des situations gênantes, avoir le trac lors de la prise de parole, est normal. Il faut parvenir à séparer les réactions physiologiques qui en découlent parfois, des croyances que tu nourris à leur égard. À quelle croyance tiens-tu autant pour que ça devienne un si gros problème ? »

À ces mots, le visage de David s'illumine. Il a compris.

« Briser le cercle vicieux de la phobie implique en fin de compte de démystifier l'objet de ta peur en le séparant de cette peur même qu'il suscite, tout en adoptant un nouveau point de vue à son égard.

La peur d'avoir des réactions physiques dans des situations gênantes peut prendre des proportions démesurées si les croyances qui leur sont associées sont erronées. Par exemple, la pensée qu'elles entraîneront le rejet, et par conséquent la solitude, qu'elle soit amicale ou sexuelle…

Cesser d'avoir peur ne veut pas dire que les réactions, l'objet de ta peur, cesseront d'être. Elles se manifesteront toujours, toute la subtilité est là. Mais le véritable enjeu réside dans l'acceptation. Accepter qu'elles soient parfaitement normales et ne revêtent en aucun cas un caractère honteux. Et même s'il y avait risque de moqueries, le processus demeurerait le même : seule l'importance qu'on leur accorde leur donne du poids. Ne leur prêter aucune attention les réduirait à néant. Mettre fin à l'hypervigilance, diriger son attention vers l'extérieur, au lieu de surveiller constamment le langage de son propre corps...

En fait, la clé réside dans la normalisation de ces réactions physiques, dans la reconnaissance de leur caractère naturel et dans la désactivation progressive de leur pouvoir de déclencher la peur. En changeant de perspective et en adoptant une attitude d'acceptation et de détachement, il te sera possible de briser le cycle de la phobie et de retrouver une liberté nouvelle. »

Toute l'origine du nœud était là, et il aura suffi d'une histoire drôle pour le dénouer. Sa cage thoracique est comme délivrée d'un poids qui y pesait depuis des siècles, il respire !

« Les deux métaphores tenaient la route finalement, rit David en jetant à son partenaire un regard en coin. Et merci infiniment pour la blague ! »

Il reste silencieux, balayant des yeux le décor autour de lui, comme s'il avait recouvré la vue, comme s'il venait de débarrasser son esprit d'un épais nuage noir qui l'empêchait d'apprécier pleinement le monde et sa poésie. Il se laisse enivrer par toutes les émotions qui découlent de cet état d'âme, mais bien vite, ses traits qui s'étaient quelque peu adoucis après cette conversation salvatrice reprennent de leur sévérité, comme s'il ne voulait pas se laisser aller trop vite à la joie.

« J'aurais tout de même un dernier truc à partager. Et pas des moindres… »

One itis

« Il y a cette fille au boulot. Elle est belle. Très belle. Tous les hommes de la boîte, et certainement bien d'autres à l'extérieur, semblent être tombés sous le charme.

La première fois que j'ai eu une conversation avec elle, – conversation purement professionnelle – j'ai tout de suite pensé "La vache ! Quelle femme ! Jamais je n'aurai la chance d'en avoir une comme elle dans ma vie ! Jolie, élégante, douce…"

Et puis de toute façon, j'essayais déjà de m'extirper de tout le bourbier dans lequel je suis enfoncé jusqu'au cou et dont tu prends connaissance depuis tout à l'heure. Sans compter que maman était déjà ma priorité. Je n'avais ni le temps, ni les atouts pour démarrer une histoire amoureuse.

Ma confiance en moi augmentait doucement, j'avais une meilleure opinion et image de moi-même. La solitude allait et venait, mais j'étais déjà à mille lieux de ma vie de lycéen solitaire fraîchement sorti des foyers de la DDASS. Malgré le chemin qu'il me restait à parcourir.

Seulement voilà, je ne saurais dire encore comment ni pourquoi, elle a commencé à s'intéresser à moi. Mon côté loup solitaire, détaché et indépendant me donnait un air de "bad boy" selon ses dires. D'autant que je pouvais me montrer bien cassant envers mes collègues qui me cherchaient des poux. Une répartie cinglante qui ne m'a pas lâchée depuis mon jeune âge, et qui a contribué à façonner cette belle illusion.

En parallèle, j'ai découvert tout à fait par hasard l'univers de la séduction, des *players*[8] et leurs super-pouvoirs de Jedi. Ils me fascinent. J'ai le sentiment que je ne leur arriverai jamais à la cheville. Ils sont capables d'aborder une inconnue en pleine rue, peuvent finir par coucher avec elle le soir même et si elle ne leur convient pas, la laisser tomber dès le lendemain. Quand pour d'autres, et moi le premier, la vie amoureuse et sexuelle ressemble à un désert sans fin. Quel gâchis ! J'aimerais être capable de faire la fine bouche moi aussi. On n'est pas tous nés sous la même étoile, mais quand même, il m'arrive de penser que certains ont tout quand d'autres n'ont rien. À défaut de grandir dans un environnement sain, de me construire sur des bases solides, j'aurais au moins pu être un beau gosse. Au moins ça…

Mais ce ne sont pas tant ces séducteurs invétérés et leurs techniques et morale souvent discutables qui m'ont le plus attirés. En parallèle de ces conseils de

---

[8] Dans le domaine de la séduction, désigne un homme qui a une connaissance approfondie des dynamiques sociales, usant de techniques de séduction et d'une approche détachée des relations amoureuses ou sexuelles.

drague douteux, à ne surtout pas prendre au pied de la lettre, s'est développée une vraie philosophie de vie, un *lifestyle* partagé par une communauté bienveillante, prônant des valeurs bien plus authentiques et profondes. Ils abordent tous les sujets qui ont trait à l'amour, à la séduction et à la vie de couple. La dépendance affective, la jalousie, le *needisme*[9], dans lesquels je me reconnais entièrement. Selon eux, il n'y a pas de formule magique en séduction, et être heureux en amour, et dans la vie en général, suppose de se débarrasser en premier lieu de ses névroses mais aussi de cesser d'ériger le "couple" en Saint Graal, d'en faire une priorité absolue, et nécessite d'être avant tout bien dans ses baskets. Je sens qu'ils ont beaucoup à m'apprendre. Sur les femmes et leurs interactions avec les hommes. Comment tout ça fonctionne…

Je réalise que j'ai été gavé de fausses idées et fausses croyances depuis tout petit, sans parler de la jalousie maladive que nourrit maman envers mon père, qu'elle a reproduit de sa propre mère, et qui a plus que certainement eu des répercussions sur le prisme au travers duquel je perçois la réalité. Il va me falloir un boulot monstre pour défaire et refaire tous

[9] Comportement d'une personne qui réclame en permanence de l'attention et des marques d'intérêt pour se rassurer. Provient de l'anglais "needy" qui signifie collant, désespéré.

les schémas mentaux qui en découlent ! Et je suis loin d'être un cas isolé. Les *AFC*[10], ils nous appellent.

Parmi tous ceux qu'ils prodiguent, il y a pourtant un conseil que je n'ai pas voulu appliquer : "No zob at job !", comme ils disent. Je ne les ai pas écoutés. Pas cette fois. Ils ont beau mettre en garde, que ça fout la merde, que ça change la relation et le quotidien au boulot... pour moi, l'occasion était trop belle. Donc quand elle s'est rapprochée de moi, je ne l'ai pas repoussée, au contraire.

Au départ, je n'y croyais pas. C'était pourtant d'une évidence et d'une limpidité ! "Mais arrête, tu te fais des films", je me disais intérieurement. Il fallait vraiment avoir de sacrées œillères pour ne pas s'en rendre compte. Tous les feux étaient au vert, et je trouvais tout de même le moyen de douter. De moi, de ses intentions envers moi, de tout...

Alors, j'ai quand même bien appris mes leçons de grand séducteur, et le jour de notre second rendez-vous, après plusieurs nuits de sommeil agité, à me répéter "Tu te lances ! Tu ne rates pas cette occasion ! Ne te foire pas ! Le pire serait encore de ne rien faire !", j'ai tout appliqué à la lettre.

Je craignais de me faire éconduire, mais plus encore d'être paralysé par la peur et de ne pas oser pas-

---

10 "Average frustrated chump", littéralement, "mec frustré moyen" ; désigne un homme qui a peu d'expérience en séduction et ne maîtrise pas les dynamiques sociales.

ser à l'action. Je crois que je ne me le serais pas pardonné. Bien plus que la suite des événements, qui finalement ne dépendait absolument pas de mon bon vouloir, m'importait de trouver le courage au fond de moi d'aller au bout de mon périmètre d'action. "Que la force me soit donnée de supporter ce qui ne peut être changé, le courage de changer ce qui peut l'être ; mais aussi la sagesse de distinguer l'un de l'autre". Je me répétais cette citation de l'empereur Marc Aurèle comme un mantra.

Le jour J, j'ai planté mes yeux dans les siens, appliqué quelques *kinos*[11] bien placés, lui ai donné mille occasions de rire, l'ai mise en confiance… et avant de lui dire au revoir, pendant qu'elle ne cessait de parler et rire nerveusement, je l'ai regardée intensément, en silence, le visage tout à coup sérieux de l'homme sûr de lui… elle s'est tue, et je l'ai embrassée.

Autant te dire que j'étais aux anges. J'avais réussi, j'avais gagné ! J'étais incroyablement fier de moi, j'ai aussitôt dégainé mon téléphone pour raconter cet exploit à mon meilleur ami. Il pouvait désormais arriver n'importe quoi, j'avais gagné ma place parmi les players. Un player junior certes, mais tout de même. J'avais conquis cette fille, nous nous étions embrassés, et ça, personne ne pourrait jamais me l'enlever.

---

[11] Contact physique initié avec une femme.

Ce qui est passé est passé, on ne peut plus l'effacer. Cette vérité est valable pour tous les événements négatifs et traumatisants, mais aussi fort heureusement pour les petites victoires telles que celles-ci. J'ai toujours eu un attrait étrange pour ces petits succès issus du passé, que je collectionne comme s'il était pour moi un coffre à souvenirs dont la taille augmente à mesure que le sablier de ma vie s'égrène. Je peux les y retrouver et les admirer à loisir. Ce sont mes petits trésors, capables de raviver la même flamme que le jour où ils se sont produits, et malgré l'incertitude de l'avenir, même s'il s'avère être noir et ombrageux, je les ai remportés, rien ne peut plus me les reprendre.

C'était du moins ce que je pensais. Je n'étais qu'un poussin dans un monde inconnu et je voulais déjà ressembler à un aigle, j'ai brûlé les étapes et me suis brûlé les ailes par la même occasion. Parce qu'à la minute où nos lèvres se sont rencontrées, à la seconde même où je l'ai laissée monter dans son train, me signifiant qu'elle avait hâte de me revoir, à peine la relation avait-elle éclos, je réalisai qu'elle portait en elle le germe de la séparation.

À partir de ce moment précis, tout mon monde s'est écroulé. C'est comme si tout mon champ de vision, mon attention, mon esprit se sont alors refermés sur cette fille. Tout à coup, plus rien n'a d'importance. La musique, la Terre et ses richesses, les paysages, le sport, un bon film, un bon livre, plus rien n'a d'importance. Pas même la présence du meilleur des amis !

Reléguée au second plan, insipide, insignifiante. Il n'y a plus qu'elle, plus que cet être qui découvre très vite la réalité sous le masque, les failles et les faiblesses sous l'apparence de la force et de la stabilité.

Chaque jour, chaque heure, chaque seconde qui passe, elle occupe mes pensées. J'ai envie d'être avec elle, qu'elle me rassure sur ses sentiments, et je lutte en même temps contre une peur, une peur profonde et viscérale de la perdre, que malgré le temps que nous avons partagé ensemble, malgré le bout de chemin parcouru, elle sorte de ma vie, et que tous ces bons souvenirs perdent leur valeur… Que mon bonheur ne soit finalement que furtif et que je bascule dans une peine infinie.

Le monde et ses splendeurs tentent de temps à autre de se rappeler à mon bon souvenir. Un soir par exemple, alors que je m'adonnais à mon activité "favorite", si je puis dire, c'est-à-dire penser à elle, essayer de trouver des stratagèmes pour la garder pour toujours auprès de moi, ou tenter d'anticiper, et donc d'amoindrir, la douleur qui résulterait d'une séparation, j'ai posé la tête sur un petit coussin qui m'avait été offert par mon père lorsque j'étais enfant. Le genre de coussin qui a dû visiter à peine une, ou deux fois grand maximum, l'intérieur d'une machine à laver en l'espace de vingt ans. Je gardais ce petit coussin rond et blanc, arborant des motifs de matériel de couture, auprès de moi lorsque je dormais. Il était purement décoratif, je ne m'en servais pas pour y poser ma tête, aussi je n'explique absolument pas le geste que je fis ce soir-là. J'étais las de me triturer les méninges, je voulais retrouver la paix intérieure, le calme, la sérénité et le réconfort. Les sensations procurées par le contact de mon visage avec ce petit coussin m'ont foudroyées sur place. Il était si frais, si doux et confortable, l'odeur qu'il portait m'a instantanément transporté en enfance. Je restais le visage enfoui dans le moelleux et respirais à pleins poumons.

L'immense fossé qui se présentait devant moi, entre l'obsession amoureuse d'un côté, et ce bonheur d'une simplicité pure, me guida sur les rivages d'une nouvelle réflexion. Comment se faisait-il que j'eusse à portée de main immédiate tous les ingrédients et les capacités pour accéder et apprécier un tel bonheur, en prenant simplement conscience que j'avais tout ce dont j'avais besoin en moi, mais que je m'évertuais à le chercher dans une source extérieure, me gâchant l'existence par la même occasion ?

Cette prise de conscience fut malheureusement de courte durée, et après une nuit de sommeil, il n'en restait plus rien… un tas de poussière filant entre mes doigts. Et ma première pensée, qui en entraîna des millions d'autres dans son sillon, fut pour elle…

La découverte de mon "vrai visage", ou je devrais plutôt dire, la destruction de l'illusion qu'elle projetait sur moi, ne s'est pas faite du jour au lendemain. Au départ, séduction oblige, je gardais les rennes bien en main, je savais que je n'avais pas le droit à l'erreur, pas le droit de me foirer.

La communication était bien dosée, je n'envoyais des messages que pour programmer une prochaine entrevue, prendre des nouvelles, en me gardant bien de m'épancher, que ce soit par messages ou verbalement. En sa présence, j'appuyais mon regard, jamais fuyant, toujours droit dans ses yeux. Ça l'impressionnait, et ça me plaisait.

Mais je n'étais pas dupe de mon propre jeu. Je me rendais bien compte que ce rôle que je m'efforçais de tenir ne pouvait pas durer très longtemps. Je relisais cent fois les messages qu'elle m'adressait et qui contenaient une preuve, aussi infime soit-elle, de son intérêt pour moi. Un petit cœur, un "tu me manques" ou un "bisous". Les anecdotes qu'elle me contait à propos de l'un de ses nombreux ex étaient pour moi de violents coups de poignard en pleine poitrine. Mes ex à moi se comptaient sur les doigts d'une main, et nos aventures n'avaient duré qu'une poignée de semaines.

Je possédais la théorie du *game*[12], dans les grandes lignes, mais elle n'avait jamais trouvé l'occasion d'être pratiquée, si bien que mes anciens chemins neuronaux étaient encore bien en place, créant une dissonance cognitive avec ma nouvelle manière

---

[12] Dans le domaine de la séduction, terme désignant le "jeu de séduction" dans son ensemble ; fait référence à un ensemble de compétences et de stratégies utilisées pour établir des relations romantiques.

d'agir et de réagir, faisant craquer le masque à mesure que la relation progressait dans le temps.

Lassé de jouer un rôle qui n'était pas le mien, je me suis autorisé à être moi-même, à ne plus chercher à paraître cet homme sûr de lui en toute circonstance, confiant, indépendant. Toujours disponible, jamais en colère, des cœurs dans les yeux... Et invariablement, l'opinion qu'elle avait de moi a changé, son intérêt pour moi s'est étiolé et le cercle vicieux s'est amorcé. Plus je sentais qu'elle s'éloignait, et plus mon manque de confiance rejaillissait et la faisait fuir davantage.

Désormais, possessivité, jalousie, recherche d'approbation, peur de perdre sont tous les ingrédients qui composent mes pensées et qui transparaissent dans mes paroles et mes actes, qui fuitent de mon cerveau comme d'un tonneau percé, pendant que je bataille pour colmater les brèches et regagner un semblant de dignité. Je suis conscient de mes mauvais travers et mes faiblesses. Un premier pas vers la guérison, pourrais-je dire pour me consoler.

Et voilà presque deux ans que nous sommes ensemble, si tant est qu'on puisse appeler ça une relation. Dans cette histoire, elle a tout de même sa part de responsabilité, je n'endosse pas la totalité de la faute. Car elle semble aussi traîner ses propres casseroles, ses blessures du passé et n'est pas au clair avec elle-même. Tantôt elle me voit comme l'amant idéal, me comble de compliments et mots doux ; tantôt je me heurte à son silence et à son mépris. Elle manie à merveille, consciemment ou non, l'art de souffler le chaud et le froid. Elle aura réussi à démonter en quelques mois ce que j'avais mis plusieurs années à reconstruire : un semblant de confiance en moi, mon indépendance, et même parfois un peu de charisme.

Elle cherchait un homme solide et indépendant, à l'image de ceux qui la firent le plus souffrir auparavant. La rencontre de nos deux univers a formé un cocktail explosif.

Désormais, je cherche par tous les moyens à me détacher d'elle, à me défaire de l'emprise qu'elle a sur moi, mais plus je me débats, plus je m'enlise. J'ai du mal à l'admettre, mais j'étais plus heureux avant de la connaître. Mon esprit était torturé, triste et souvent en proie à la souffrance, mais au moins, il était libre. Je sais pertinemment que tout ça ne mène nulle part, malgré tout je persiste sans trop savoir pourquoi. Il m'est arrivé de vouloir mettre un terme à cette histoire et lui redonner sa liberté en mettant en avant mes nombreuses failles, admettre que je ne suis pas prêt, mais je ne parviens pas à m'y résoudre. Alors j'attends qu'elle veuille bien prendre son courage à deux mains et qu'elle mette fin à mes souffrances… car je rumine jour et nuit sans réussir à trouver l'issue. »

« David… » intervient Vida d'un ton compatissant. « Nous retrouvons à nouveau ici la question du sens. Ton cerveau tourne en rond parce qu'il essaie de répondre à une question qui n'en a pas, et il n'y a pas de réponse intelligente à une question qui n'a pas de sens. En l'occurrence, tu cherches à savoir comment la garder auprès de toi éternellement, comment faire pour que cette relation dure pour l'éternité. Mais c'est impossible, étant donné le caractère impermanent de toute chose. Tu l'as bien senti, au moment où elle est née. Et il en va de même pour chaque chose en ce monde. Tout se termine, tout change, finit par se détériorer ou disparaître. Toute relation naissante porte en elle le germe de la séparation, pour reprendre tes propos, tout comme chaque vie porte en elle la mort dès les premiers instants.

Il te faut être à l'écoute de tes besoins. Avoir des relations amoureuses et sexuelles est sain et même nécessaire. Mais ce n'est pas ce qui te sauvera de la mort ou fera de toi un être accompli. Vous aspirez tous, sans relâche, à devenir des êtres complets, ce dont vous ne parviendrez jamais. En tout cas, pas dans la dimension matérielle. Pas en recherchant l'accomplissement dans l'éphémère. Tout ceci est source de plaisir et de divertissement, mais en faire votre boussole vous mène droit à votre perte. Tu en auras fait les frais toi-même.

À l'instar des êtres vivants, les relations naissent, évoluent tantôt positivement, tantôt négativement, et meurent. Dans le meilleur des cas, c'est la mort de l'un des deux qui en signe la fin. Comme tout ce qui s'offre à toi sur le chemin de la vie, accueille-les, goûte-les, prends un maximum de plaisir et vis-les en toute conscience, jusqu'au bout, mais ne bâtis pas sur elles des désirs d'éternité.

Il te faut d'abord te défaire de tes fausses idées à propos de l'amour. Au risque de briser tes douces illusions, sache qu'il a avant tout une fonction essentielle dans la reproduction. Surtout en ce qui concerne l'amour-passion que tu m'as décrit tout à l'heure. Celui qui ne se base sur rien d'autre qu'une attirance physique combinée ou non à un besoin de posséder l'autre. À coup d'hormones, votre cerveau active les comportements du désir et se manifeste par des conduites parfois compulsives qui frôlent l'obsession. Face à cette déferlante chimique, il faut savoir garder la tête froide, regarder la personne objet du désir avec les yeux de la raison. Être capable de la voir avec plus d'objectivité, de ne pas occulter ses défauts, ne pas la réduire à son enveloppe charnelle, aussi jolie et attrayante soit-elle, et comprendre qu'au final, elle est un être humain parmi les autres et pas un trésor inestimable qu'il te faut jalousement protéger comme si la valeur de ta vie dépendait de sa présence.

Cela ne signifie pas qu'il faille, une fois ces mécanismes mis en lumière, tirer un trait sur toute relation. Mais en connaître le fonctionnement te permettra de prendre du recul, et de ne pas te laisser envahir et guider aveuglément par tes émotions. T'efforcer de garder la tête froide lors d'une rencontre te permettrait d'augmenter tes chances d'aboutir à une relation plus saine car basée sur des valeurs plus authentiques et ne reposant pas uniquement sur la chimie de ton cer-

veau et un besoin de reproduction, pourtant nécessaire à votre espèce. Une relation qui n'aurait plus
pour seule origine ce besoin pourrait aboutir, avec le
temps, à un amour plus profond, empreint d'empa-
thie et de complicité, en somme, plus équilibré.

Par ailleurs, bien d'autres personnes trouvent leur
bonheur dans le retrait spirituel, le silence ou la solitude choisie, preuve en est que si l'amour revêt une
certaine importance, il n'en demeure pas pour autant
un absolu. D'autant qu'il peut s'exprimer ailleurs
qu'au sein d'un couple.

Si la vie était un gâteau, la relation amoureuse n'en
serait que la cerise. Le gâteau est déjà bien incroyable
à lui seul, la cerise sur le dessus n'est en rien une nécessité. »

Un long silence s'installe dans l'église. Les deux
protagonistes restent un moment sans prononcer une
seule parole. Pour la première fois depuis le début de
leur conversation, David ne parvient pas à renverser
les sentiments qu'il éprouve, même à la lumière des
précieux conseils de Vida.

Dans ces cas-là, conclut-il, la vérité ne peut sans
doute pas, à elle seule, effacer de nombreuses années
de fausses croyances et les comportements qui en découlent. Les mots n'ont pas un tel pouvoir. Être conscient d'une réalité, l'accepter en toute objectivité,

n'engendre pas systématiquement la réponse émotionnelle adéquate.

La pratique et l'expérience de la vie pourront sans
doute œuvrer en ce sens.

Utere dum liceat

« V oilà, tu sais tout. Ce sont tous ces problèmes mis bout à bout qui, finalement, constituent "mon problème" comme tu dis.

Cette lutte quotidienne m'aura, en tout cas, amené à réfléchir sur de nombreux aspects, sur nos existences, de manière générale. S'il y a bien une seule pensée qui me soulage, c'est celle de la mort.

Je me dis que nous sommes tous constamment guettés par la maladie, des problèmes en tout genre… à quoi bon s'investir dans des préoccupations futiles telles qu'essayer d'être au top physiquement, plaire à autrui ? J'ai décidé d'accepter de vivre de la sorte : avec un membre de ma famille malade, nécessitant une attention et des soins constants et accompagné de ma ribambelle de démons intérieurs. Combien sont les personnes qui connaissent cette situation ? Et combien sont celles qui sont confrontées à bien pire ? Celles qui ont plusieurs membres de leur famille qui croulent sous les maux et les souffrances ? Rares sont ceux qui restent indemnes jusqu'au bout du voyage et dont l'entourage ne leur crée aucun souci.

Et pour finir, pourquoi réfléchir ? Atteindre la vérité, s'il en existe une, n'a jamais permis à personne d'échapper à la mort, par conséquent autant continuer de vivre en suivant son petit bonhomme de chemin, sans penser, sans geindre, juste en prenant le moment présent tel qu'il vient.

Si maman venait à partir prématurément, je pourrais au moins me consoler avec une pensée : la certitude que je ne tarderais pas à la rejoindre. J'aurais eu la chance de l'avoir jusqu'à mes 25 ans. D'autres n'ont pas une telle chance. Du coup, que ce soit maintenant, plus tard ou que cela se soit déjà produit, de toute façon on ne peut rien contre la mort. Nous allons tous mourir un jour, après ou avant les autres ; tant mieux ou tant pis pour ceux qui restent mais il faut bien que nous nous en retournions au néant, ou vers Dieu, selon la conception de chacun, mais nous ne pouvons pas tous partir à la même heure.

Je sais bien qu'il y a un fossé entre mourir de vieillesse après une vie bien remplie et mourir violemment au cours d'une vie jalonnée de souffrances, mais après tout… cela peut aussi soulager à la fois la personne qui souffre, et les gens autour pour qui elle compte vraiment, qui pourront alors prendre leur envole pour de nouveaux horizons. Si demain je devais apprendre que ma mère est décédée, certes j'en serais affecté, comment le nier. Je l'aime tellement que ce serait un choc qui me semblerait insurmontable aux premiers abords. Mais après réflexion, il faudrait que je parvienne à considérer cet événement comme une étape essentielle du cycle de la vie, mais aussi comme une libération, tant pour elle que pour sa famille. D'ici là je ne compte absolument pas baisser les bras, l'idée ne m'effleure même pas. Mais si malgré mes efforts l'inévitable se produit, à moi de faire preuve de raison. Je sentirais certes la colère et la tristesse m'envahir lorsque je repenserais à toute cette souffrance, ces années passées dans les hôpitaux sales, froids, tous ces maux physiques et psychologiques, sa paranoïa, sa méfiance, son esprit torturé et son corps en piteux état. Ses évanouissements à cause du diabète et les fois où elle a failli partir prématurément…

Si le pire arrivait, je ne garderais en mémoire que sa douceur et la beauté de son apparence au-delà de la maladie. Une petite maman belle et souriante, qui sous ce visage sale et fatigué aura gardé l'innocence de son enfance. Je l'aimerai toujours et son image m'accompagnera pour le restant de mes jours. Ses joues douces, les petits bisous que je dépose dessus… je garderai en mémoire que même si son corps est sous terre, son âme plane dans les cieux, peut-être me verrait-elle, peut-être aurait-elle de la gratitude pour tous les efforts que j'aurais fait et tout l'amour que je lui aurais apporté, peut-être resterait-elle près de moi, la conscience de nouveau claire et lucide. Ou alors n'en serait-il rien. Tels des animaux sans dieu nous naissons, donnons naissance et mourons, abandonnant les êtres chers sans plus jamais entendre parler d'eux, sans plus avoir de contact avec eux, les laissant seuls face à la vie…

Mais quoi qu'il en soit, son souvenir demeurera en moi : un souvenir apaisant et empreint de sérénité à l'idée que la mort fait partie de l'ordre des choses, et qu'un jour, tôt ou tard, nous retrouverons tous ces êtres chers qui nous ont quittés, dans un autre monde... ou que nous nous évanouirons tous ensemble dans l'oubli, sans laisser de trace. Les rejoindre, ou disparaître, mais mourir, subir le même sort, ne plus penser... le néant, pour tous.

Finalement, c'est un soulagement de savoir que nous y sommes tous destinés et qu'un jour, toute cette agitation qui règne dans ma tête, toutes ces questions, tout ce stress, cesseront. Et qui sait, peut-être pour une "vie" meilleure. »

« Vous êtes trop souvent baignés dans l'illusion que la vie est un dû, que tout le monde a le droit de vivre tout en gardant les êtres qui lui sont chers près de lui, indéfiniment, sans que les habitudes changent, dans une poursuite sans fin du quotidien.

Étonnamment, vous mourez depuis la nuit des temps, et vous vous en offusquez toujours autant.

Vous prenez la mort pour une injustice qui viendrait frapper de pauvres malheureux, laissant derrière eux un monde qui continue de tourner, leurs proches débordant d'énergie, se projetant dans l'avenir, espérant améliorer leurs conditions de vie, cherchant à atteindre l'épanouissement, goûtant aux bonnes choses que l'existence peut offrir, pour l'éternité. Non. La mort vous concerne tous. Sur ce point, toi et moi sommes bien d'accord.

La question est : pourquoi avoir cherché à la provoquer de manière prématurée ? »

Les mots prononcés par Vida traversent le cerveau de David avec la violence d'une balle tirée à bout portant. Le regard figé, il reste transi, paralysé par la vision du puzzle qui s'assemble et lui dévoile toutes les zones d'ombre de cette journée hors du commun.

Alors, il se souvient de tout…

De cette accumulation de mal-être qui avait atteint une telle intensité… Assis sur le siège passager de l'utilitaire de son père, l'attendant pendant qu'il était parti faire quelques courses, au bord de l'asphyxie et face à la montagne de problèmes qui se dressait devant lui, à la complexité de la vie qui ne ressemblait qu'à un enchevêtrement inextricable de tâches, de décisions, de souffrances… la solution s'était présentée d'elle-même. Dans la plus grande des simplicités. Tellement simple qu'il en venait à se demander comment il n'y avait pas pensé plus tôt. Tout lui apparaissait tout à coup plus clair, l'oppression avait relâché son étreinte autour de sa poitrine, il respirait. De mieux en mieux, jusqu'à en ressentir du soulagement, presque du bien-être, un lâcher-prise salvateur. Il regardait au-dehors, le temps était gris mais doux, le ciel, les bâtiments et l'asphalte des trottoirs se confondaient, donnant à la ville une harmonie morose qui lui sembla pourtant réconfortante.

Il en était sûr maintenant, il allait le faire, il n'y avait plus aucune place pour le doute. Non, la vie était bien trop compliquée, il allait signer avec elle son divorce. La seule question que cette décision soulevait était : comment s'y prendre pour que ce soit rapide et sans douleur ? Et puis surtout, il voulait absolument épargner le plus possible sa famille. Sa perte leur serait déjà certainement très douloureuse, inutile de leur imposer une vision d'horreur.

Il savait qu'il n'aurait pas le courage d'opter pour des solutions radicales telles que la défenestration ou les rails du métro... elles étaient tout bonnement inconcevables. Alors, la plus classique des options, la plus véhiculée par les films, lui apparut rapidement comme étant la plus appropriée : l'entaille au niveau des poignets. Le premier geste devait sans doute être le plus difficile, et puis une fois le pas franchi, il ne devait rester plus que l'attente... voir son corps se vider de son sang, lentement, le sentir s'affaiblir, tranquillement et puis s'endormir, doucement, et pour l'éternité. Il était tellement satisfait de la limpidité avec laquelle tout son plan se mettait en place qu'un sourire se dessinait sur son visage.

Le lieu lui apparut bientôt avec tout autant de facilité. Il avait recroisé, quelques mois auparavant, le chemin d'un de ses anciens camarades de foyer et ils s'étaient liés d'amitié. En plus d'avoir partagé un bon bout de chemin ensemble dans leur jeunesse et d'avoir accumulé de nombreux souvenirs communs, ils étaient liés par autre chose encore : leur malheur en amour. Avoir été en carence dans ce domaine depuis leur plus jeune âge les poussait à chercher et vouloir obtenir à tout prix la reconnaissance et l'affection d'une femme. Mais l'un comme l'autre, à trop vouloir fusionner avec leurs partenaires, finissaient par produire l'effet inverse, et à ne récolter que rejet, mépris et froideur. Le jeune homme habitait à Saint-Ouen, juste derrière le périph'.

Un soir d'été, alors que le temps était doux et aux averses éparses, en compagnie d'amis de ce dernier, ils se promenaient du côté des puces de Clignancourt, cannettes de bière à la main. Le groupe de jeunes gens déambulait dans les rues, jeans larges et sweats à capuche, chahutant et hurlant comme si la ville leur appartenait. Être en compagnie de ces jeunes filles et ces gars, qui semblaient partager les stigmates d'un passé tourmenté, lui procurait un sentiment d'appartenance, à la fois empreint de fierté et de liberté. Ils semblaient n'avoir peur de rien, la foule s'écartait sur leur passage, même dans ces quartiers populaires où les marginaux et drôles de zigotos sont légion. Et puis, d'un autre côté, les marginaux, c'étaient un petit peu eux aussi, malgré leur jeunesse.

Cette petite rébellion lui donnait la sensation par la même de se soulever contre l'injustice de la vie. De lui crier haut et fort « Même après toutes ces galères, je n'ai pas droit au bonheur ? »

N'était-ce pas aussi une manière de tenter de l'oublier, elle ? De dresser une barrière entre eux, aussi infime soit-elle ? De diriger sa colère sourde à l'encontre de celle qui n'était qu'un mur de silence ?

Pris soudain par une intense envie d'uriner, ils avaient atterri dans ces toilettes, accessibles après une descente de quelques marches en béton.

Elles lui avaient paru étrangement propres pour des toilettes publiques, et d'autant plus dans un quartier si populaire. D'un autre côté, elles avaient éveillé en lui une attraction étrange, car elles faisaient écho à un rêve récurrent et intense qui induisait chez lui un état d'âme aussi profond que complexe, teinté à la fois de terreur et de fascination.

Ce rêve se déroulait, sans surprise, dans des toilettes publiques qui avaient la particularité d'être d'une extrême propreté. Tout y était d'un blanc éclatant, des murs aux portes, en passant par le carrelage étincelant, reflétant la lumière aveuglante des néons. Il y était seul, pourtant, il sentait une présence non loin de lui. Une présence hostile, à en croire son ressenti, qui le cherchait, qui venait à sa rencontre. Alors il se mettait en marche, poussait la porte de sortie, pour déboucher sur un labyrinthe de toilettes. Les urinoirs et les cabines s'alignaient à perte de vue, à l'instar des portes qui, chaque fois qu'il en poussait une, dévoilait un nouveau dédale… des toilettes infinies. Et plus il poussait les portes, plus il passait d'une pièce à l'autre, et plus la présence se rapprochait. Il pouvait la sentir, à l'arrière de sa nuque, dans son dos, comme si son aura le brûlait à mesure qu'elle gagnait du terrain… Il se réveillait en sursaut, au moment où elle n'était plus qu'à quelques pas, sur le point de le saisir…

C'est donc là qu'il mettrait son plan à exécution. En finir avec toute cette mascarade, voilà qui était devenu son mantra. Le seul obstacle qui se dressait désormais devant lui était le sentiment d'abandon qu'il ressentait en pensant à sa mère. Qu'allait-elle devenir ? Cet acte serait sans doute pour elle un coup fatal, pensait-il. Mais après tout, ils seraient réunis. Il était désormais trop tard pour faire machine arrière et il se consolait avec cette pensée.

Son dernier jour sur Terre serait un vendredi. Ce jour-là, il hésite entre se rendre au boulot, comme à son habitude, ou se balader à Paris pour s'enivrer de poésie urbaine. Admirer les quais de Seine, s'émerveiller devant l'architecture des bâtiments de l'Île Saint-Louis, éventuellement se recueillir dans la charmante petite église qui s'y trouve.

Finalement, de peur que son absence n'éveille des soupçons, il décide de se présenter à son poste. Sa journée s'écoule dans la plus grande des simplicités : pas de stress, pas de coup de bourre. Une charge de travail équilibrée, juste ce qu'il faut. Il la passe calmement, et sans trop réfléchir à ses projets du soir. Il garde dans un coin de sa tête, mais sans pour autant l'autoriser à trop émerger dans sa conscience, l'idée que cette journée est unique, une transition qui le bouleversera lui et ses proches. Pourtant, il reste concentré sur ses tâches, observant de temps à autre du coin de l'œil celle qui joue au yoyo avec ses sentiments depuis bientôt deux ans et qui ne daigne pas lever les yeux de son écran.

Au moment du déjeuner, il partage un restaurant avec une de ses collègues. Le ciel est lourd et d'épais nuages gris couvrent la capitale. Il aime ce climat. Il fait bon, sans qu'un soleil de plomb ne vienne lui brûler la peau. Avec sa collègue, ils parlent de tout et de rien, de leurs dernières lectures, des musiques du moment… Il sent que son esprit n'est pas complètement présent, qu'une partie de son attention est happée ailleurs, mais il parvient tout de même à faire illusion.

L'après-midi se déroule dans le plus grand des calmes. Personne ne semble se douter de quoi que ce soit. En tout cas, certainement pas elle, car la voilà sur le départ. Elle attrape son sac à main, et lance à la cantonade un « bon week-end ! » dont l'impersonnalité lui fend le cœur. Pas un mot, pas un regard, aucune attention à son égard. Tant pis, au moins elle ne lui donne aucune chance de regretter sa décision.

Sa journée se termine, il se met en route à pied vers le nord de Paris. Il prend son temps. Il éprouve de la colère. Les contradictions auxquelles elle le confronte le rendent fou… Arrivé à Porte de la Chapelle, il consulte son téléphone. Aucun message d'elle. N'ayant plus rien à perdre, il lui adresse un ultime test « Je t'aime et tu me manques ». D'habitude il rechigne à envoyer ce genre de message, ne sachant jamais s'il va y avoir du répondant. Il sait pertinemment que celui-ci va faire chou blanc, mais tant pis. Il sourit en pensant à la colère qu'il aura certainement provoqué en elle. Une petite vengeance insignifiante, une légère irritation, ce sera déjà ça de gagné.

Il envoie un message à son père, le message habituel lorsqu'il est de sortie et qui ne reçoit pas de réponse, non plus. Ils s'enchaînent les uns à la suite des autres, d'un week-end à l'autre dans le fil de la conversation. Au moins, le rédiger se fait en un clin d'œil, un simple copier-coller suffit : « Ce soir je vais voir un pote. Je ne dîne pas avec vous ». Avec ça, ils ne devraient pas commencer à s'inquiéter avant le lendemain matin.

Il se rend dans les toilettes et s'assied au sol. Il craint qu'un visiteur indésirable ne vienne perturber le bon déroulement des choses, mais il ne tient vraiment pas à se cloîtrer dans une cabine. La faible fréquentation du lieu jouera sans doute en sa faveur.

Il sort de sa sacoche un couteau affûté qu'il a acheté quelques années auparavant à des gitans sur un marché au Portugal. Un beau couteau artisanal, dont le manche est serti de pièces dorées et d'ornements.

Il consulte une dernière fois son portable : silence radio.

Alors, dans la continuité de cette journée pleine de simplicité, presque de banalité, sans qu'aucune pensée parasite ne vienne le dissuader d'amorcer ce mouvement, il fait glisser la lame sur un poignet, puis rapidement, presque par peur de perdre le fil, sur l'autre… La lame est tellement aiguisée qu'il ne sent rien sur le coup et la profondeur des entailles est étonnante vu le peu de pression exercée dessus.

Il regarde son sang couler, à la fois rapide et silencieux, imprégner son jean, se répandre autour de lui, au sol, souillant le carrelage immaculé. L'ampleur de la flaque l'impressionne, il prend peur, regrette presque son geste, mais il est déjà bien trop tard.

Assailli par une faiblesse intense, il s'allonge sur le dos, bascule sa tête en arrière, et observe le ciel au dehors, par une petite lucarne rectangulaire.

Ses forces le quittent, une sensation de fourmillement s'empare de son corps… Aucun sentiment de paix, ni de délivrance, pas de tunnel ni de lumière blanche. L'obscurité s'épaissit. La fin, tout simplement.

David, assis aux côtés de Vida, comprend donc… Il comprend la douleur sur ses avant-bras, il comprend le goût dans sa bouche… À cet instant, il doit sans doute se trouver dans une chambre d'hôpital, probablement dans le coma. Il pense avec peine qu'il n'a pas réussi à aller au bout de son plan, et à la douleur provoquée à ses proches.

Ce qu'il a du mal à saisir, en revanche, c'est l'envers du décor. Pourquoi avait-t-il repris connaissance dans des toilettes dont l'apparence différait de celles où il se trouvait dans ses derniers instants ? Elles lui rappelaient cet autre cauchemar récurrent qui, comme le précédent, se déroulait également dans des toilettes publiques immenses, voire infinies… Mais qui, à l'inverse, étaient noires et ténébreuses : crasseuses du sol au plafond, dépourvues de lumière, des tuyaux rouillés, des lavabos et urinoirs répugnants s'étalant à perte de vue… Des monstres difformes, nus et roses comme des cochons l'encerclaient par milliers, tentant de l'attraper de leurs longs bras pleins de verrues et de protubérances. Et au milieu, sa mère qui l'appelait à l'aide.

Est-ce que ce serait ça, l'enfer ?

Aurait-il bénéficié d'une chance supplémentaire ?

Qui est Vida ? Un ange gardien, ou au contraire l'ange de la mort venu lui tirer les vers du nez pour le juger ?

« La mort arrivera bien assez tôt David, crois-moi, reprend Vida. Vous êtes tous concernés : toi, tes parents, tes amis, tous ces gens que tu observes dans la rue, plongés dans leurs pensées et leurs soucis quotidiens. S'il est une certitude dont nul ne peut douter, c'est que vous êtes tous des cadavres en devenir, tu en conviendras. "Une génération s'en va, une autre arrive et la terre est toujours là."[13]

Tu retourneras bien assez tôt à ton état originel, celui d'avant ta naissance : le néant. Mais en attendant

---

[13] L'Ecclésiaste (cf. note n°7)

que ton tour ne vienne, sers t'en comme d'une boussole qui te guiderait vers l'essentiel : tes proches, que tu sembles aimer d'un amour sincère, et la vie et tous ses trésors.

Lorsque tu es en présence de tes êtres chers, prends soin de les observer. Essaie d'aller au-delà de l'habitude qui use et fatigue ton regard, mets de côté les petites querelles et les irritations. La stabilité éternelle n'existe pas, ceux qui partagent ta table aujourd'hui peuvent être les grands regrettés de demain. Leur présence est une chance, qu'il faut apprécier à sa juste valeur.

Goûte à toutes les merveilles et aux plaisirs que ce songe peut t'offrir, le plus possible. Sublime-les en ayant conscience qu'ils ne sont que passagers. Et tout cela, sans dramatiser, d'un autre côté, les échecs, les soucis, les peurs et les exaspérations du quotidien. N'espère rien de l'avenir, et n'aie aucune crainte, ainsi tu seras libre.

Imagine tout ce dont tu serais privé une fois éloigné de ce monde ! Finis les marchés bruyants chargés d'odeurs d'encens, de pain chaud, de poissons et légumes frais ; les petits bistrots animés dont les senteurs de café matinales se changent peu à peu en odeur de houblon à mesure que la journée passe ; le froid hivernal qui te mord les mains et t'invite à te replonger sous la couette dans un foyer chaud et douillet ; les livres, les séries, les films, les jeux vidéo pour nourrir ton imagination et t'évader ; les dîners en famille ou entre amis, au chaud en automne, pendant qu'au dehors la nuit est profonde, les trottoirs de la ville couverts de feuilles mortes ; les franches rigolades entre amis, la présence d'une famille ; les voyages et tous ces visages que peut revêtir votre planète ; en somme, toutes les richesses que ce monde puisse offrir : ses paysages, ses odeurs, ses bruits, sa musique, ses températures, ses ambiances qui peuvent former mille et une combinaisons… La joie d'être, tout simplement.

Quoi qu'il advienne après la mort, elle signifiera la fin de cette forme d'existence telle que tu la connais, qui réfléchit, éprouve des sentiments et perçoit le monde à travers ses sens.

Cette conscience de votre propre finitude est une des choses qui vous distingue des autres êtres vivants. Elle est parfois considérée comme une malédiction car elle vous met face à l'une de vos peurs fondamentales, mais elle peut aussi être une vraie chance pour qui sait s'en servir à bon escient. Tel un guide qui illuminerait votre vie.

Tu sembles également doté d'un certain sens de l'humour, une autre caractéristique qui vous distingue des animaux. Tout comme la conscience de la mort, l'humour est propre à l'homme et peut se révéler être une arme redoutable. Il t'aide à prendre du recul sur les aléas de l'existence, à ne pas tout prendre trop au sérieux. Alors, utilise-le pour alléger tes pensées, tourner tes soucis en dérision, et, pourquoi pas, défier même la mort d'un éclat de rire !

Et que dire de ces fameuses *extases laïques* ? Ces moment rares et intenses où, l'espace de quelques minutes, tout semble s'aligner parfaitement. Tu ressens une plénitude profonde, chaque sensation se démultiplie, et tu te retrouves à gravir des sommets d'euphorie presque vertigineux. Parfois, par peur de redescendre brutalement, tu choisis même de mettre fin à l'ascension. Ces instants précieux ne sont rien d'autre que des éclats de pure présence. Libéré, l'espace d'un bref moment, de tes préoccupations, de ton ego toujours prompt à juger tout ce qui t'entoure, tu ouvres une brèche. Une brèche éphémère, mais assez large pour te permettre d'être. Juste être. Rien de plus. Là, en cet instant, toi et le monde coexistez, tels que vous êtes. Sans jugement. Et c'est là que, enfin, tu peux l'accueillir pleinement.

La vie est bien plus simple qu'on ne le pense, mais il est parfois nécessaire de traverser toutes ces épreuves dont tu m'as fait part pour atteindre ce degré de conscience. »

Le silence s'installe de nouveau. Une légère brise douce et fraîche entre par la porte, soulevant un petit tas de feuilles mortes qui gisaient sur le sol et faisant frémir de plaisir les végétaux, jusqu'à l'arbre doré qui illuminait la conversation de sa présence à la fois discrète et majestueuse. Bercées par le vent, ses feuilles dansent dans un doux va-et-vient, scintillant de plus belle.

Il n'en est pas certain, à cette distance, mais David jurerait percevoir du mouvement, à l'intérieur même des feuilles. Il écarquille les yeux, se penche plus en avant, au moment où Vida, l'index pointé en direction de l'arbre, dans un mouvement l'invitant à l'observer plus attentivement, lui murmure : « Tout n'est pas si sombre, David ! »

À ces mots, les faisceaux lumineux qui traversaient discrètement le corps de Vida se figent et leur intensité augmente, éclairant sa masse sombre à la manière d'une constellation multicolore.

David, étrangement attiré par l'arbre, et malgré le réconfort que lui apportait son petit coin de banc, se lève d'un mouvement lent et presque automatique, sans détourner le regard des feuilles qui bruissent sensiblement. Il entame une marche prudente en direction de l'autel, craignant qu'un geste brusque ne mette fin au phénomène auquel il croit assister.

Arrivé à proximité de l'arbre, sa première impression se confirme : à l'intérieur des feuilles, comme projetées sur des milliers de petits écrans, de petites scénettes se jouent en boucle. David contourne prudemment l'autel, prenant délicatement appui sur la pierre rugueuse et froide, s'approche de l'arbre afin de l'examiner de plus près. Ses yeux se promènent d'une feuille à l'autre, puis se figent, stupéfaits.

Les scènes qui se jouent devant lui se trouvent être ses propres souvenirs. Il y voit son frère, ses sœurs, son père et même sa mère, en pleine santé. Il se délecte de ces images, passe de l'une à l'autre avec une curiosité avide. Chaque souvenir qu'il retrouve est un pur moment de bonheur : une sortie en forêt en famille, une autre au parc zoologique ; une tendre caresse offerte par sa mère ; un moment complice avec son père, au volant de son utilitaire qui sentait le métal et le ciment ; les éclats de rire de la famille au complet, regroupée devant un film classique du cinéma français, dans la chaleur et la pénombre d'un salon… Même des instants de complicité et de bonheur partagés avec ses amis de foyer s'invitent sur le feuillage. Rires, gestes tendres, instants simples… Prenant un plaisir immense à raviver ces moments à sa conscience, David en oublie totalement son compagnon resté assis sur le banc.

Cependant, au milieu d'une série de scénettes qu'il aurait été capable de rappeler volontairement à sa mémoire, il tombe à intervalles réguliers sur certaines dont il n'a aucun souvenir. Il a beau se pencher sur les protagonistes, les observer longuement, il en est presque sûr, et pour cela il se base sur son excellente mémoire, ils ne lui appartiennent pas. Elles représentent une petite fille aux grands yeux bleu ciel, ainsi qu'une jeune femme, belle, rayonnante et au sourire radieux, qui selon toute vraisemblance, à en juger par ses traits et ses yeux clairs, serait la mère de la jeune enfant.

Il esquisse un sourire. Elles jouent et rient ensemble, leur joie est communicative. Il se demande qui elles peuvent bien être, et surtout pourquoi elles se trouvent mêlées à ses souvenirs…

David n'est pas un grand fan des enfants, il n'a jamais vraiment réussi à communiquer avec eux. Leur imprévisibilité, leur franchise à toute épreuve le mettent systématiquement mal à l'aise. Chaque fois qu'il a tenté un contact avec l'un d'eux, pour être sympa, il n'a reçu que des coups en retour, ou une vanne à propos de son front boutonneux ou ses dents tordues.

Ce sont des êtres à part, et même s'il doit bien admettre que la petite fille qu'il vient d'observer est très mignonne, il pense même qu'il ne désire pas être père. D'abord parce qu'il sait ce qu'implique d'avoir un être dépendant de soi, qui nécessite une attention et des soins constants. Quand sera venu pour sa mère le moment de quitter ce monde, il en est certain, il ne veut pas créer à nouveau cette dépendance. Et ensuite parce que donner la vie, c'est également donner à la fois la mort et la conscience de cette dernière. Sans parler de tous les malheurs et les difficultés qui jalonnent le parcours de tout homme, et du déclin de ce monde qui fait froid dans le dos… Non, donner vie à un être humain est un acte bien trop égoïste.

Repu de ces plongeons dans le passé, aussi bons soient-ils, David s'apprête à retourner s'asseoir auprès de l'ombre humanoïde et envisage de l'interroger sur la présence de ce miracle auquel il vient d'assister, ainsi que sur l'identité de la jeune femme et de sa fille.

Il opère une volte-face, lorsque brusquement son champ de vision se trouve restreint, plongé dans une obscurité quasi-totale. Il lève alors les yeux, et constate que Vida est là, grand, immobile et droit devant lui, le visage incliné vers le sien. Ils restent tous deux, regards croisés, dans cette même position dans un laps de temps très court et qui pourtant semble durer une éternité.

David est sur le point de briser le silence, mais à peine a-t-il entrouvert la bouche que l'imposante ombre le saisit fermement de ses longues et puissantes mains, maintenant ses bras serrés le long de son corps et empêchant ainsi tout mouvement de sa part. Le jeune homme ne parvient pas à réagir, l'incompréhension le fige presqu'autant que la puissante poigne qui l'entrave.

Sa tête sombre effleure la sienne, hésite un instant, comme suspendue, avant de reculer brièvement d'un mouvement saccadé. Puis, dans un élan soudain, elle replonge avec force, prête à le heurter violemment de son front.

Alors, il la sent, entrer en lui à la manière d'un souffle, par sa bouche, ses yeux, ses narines, se fondant en lui, coulant en lui tel un liquide et ruisselant dans chaque parcelle, chaque recoin, chaque cellule de son corps. Une douce chaleur apaisante l'emplit à mesure qu'elle descend, de la tête aux épaules, du torse aux cuisses, des jambes au bout de ses pieds.

Il ne le veut pas, pas tout de suite. C'est encore trop tôt pense-t-il. Il commençait à prendre goût à ces conversations sur son coin de banc douillet, dans cette église végétalisée, à l'atmosphère à la fois apaisante et vivifiante. Mais il doit bien vite se rendre à l'évidence que le moment est venu. Il est temps de remonter. Le souffle de vie est à nouveau entré en lui.

À mesure qu'il pénètre au plus profond de ses entrailles, ce qu'il perçoit encore des voûtes, des vitraux, des parois semble se désagréger, fondre dans une lumière blanche et vive qui se propage douce-ment et absorbe tout sur son passage. Le décor s'es-tompe progressivement, dévoré de haut en bas, suivant la progression du souffle qui descend en lui.

La lumière s'étale, s'intensifie, un dernier flash occupe tout son champ de vision et l'aveugle complè-tement, avant de converger de nouveau vers un point central, qui rétrécit à grande vitesse, jusqu'à dispa-raître complètement, dévoilant un nouveau lieu.

Un flou persistant devant ses yeux l'oblige à cli-gner plusieurs fois des paupières. La mise au point s'opère et dévoile peu à peu des contours plus nets.

Au-dessus de lui, les néons émettent une lumière éblouissante. Sur son côté gauche, une fenêtre dont les vitres sont en grande partie recouvertes de film occultant, laisse entrevoir par le tiers supérieur un ciel printanier chargé de petits nuages blancs, doux et pai-sibles, occupant tout le bleu de l'espace dans un immobilisme quasi-total. Dans la pièce, le silence n'est contrarié que par un bip tempéré et régulier, presque apaisant. En position semi-allongée, il émet un léger gémissement et dodeline des épaules dans le but de dégager sa tête qui repose sur un oreiller haut et molletonné dans lequel elle s'enfonce confortablement. Ses doigts caressent la surface du drap lisse et frais qu'ils rencontrent sous leur pulpe. Leur toucher est agréable et ils sentent bon le propre.

À sa droite se tient la porte d'entrée de la pièce, ornée d'une petite lucarne rectangulaire à travers laquelle filtre la lueur du jour. David la fixe du regard, sentant une présence non loin.

Soudain, une ombre fait son apparition. Il peut en distinguer les pieds dans le bas de porte et la tête dans l'encadrement de la lucarne obstruant le passage de la lumière.

Elle semble l'observer intensément, plaquant son front contre la vitre. Le temps reste suspendu, une poignée de secondes, assez brièvement, puis elle s'en va.

Une voix féminine s'écrie : « Il est réveillé ! »

Simplex sigillum veri

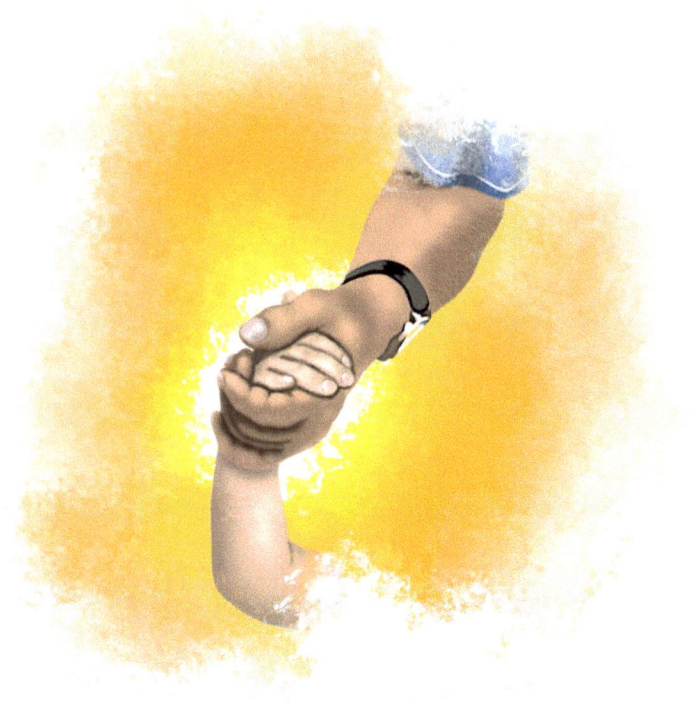

Agile, léger et souple, il se déplace furtivement, d'un pas rapide et feutré serpentant à travers les allées étroites. Son corps sombre et élancé, ses longs membres effilés absorbent la lumière d'un soleil généreux.

Il accélère la cadence, ses petits pas de velours n'émettent pas le moindre son, puis s'engage sur le chemin central bordé de platanes feuillus offrant une canopée ombragée. Tout est calme. Seul le bruit d'une légère brise dans les arbres épouse le silence apaisant qui règne. Des pétales de fleurs emportés par le vent gisent ci et là sur le sol pavé et saupoudré de duvet disséminé par les petits akènes. Il parvient presque instinctivement à ne pas les piétiner. Toute son attention est concentrée sur son objectif, et rien ne saurait l'en détourner.

Soudain, il stoppe sa course. Complètement. Quelqu'un est là, à quelques mètres de lui. Il ne l'a pas encore remarqué.

Les sens en alerte, il reste immobile une poignée de secondes, et l'observe, la tête rentrée dans les épaules, hésitant. Il n'est peut-être pas encore trop tard pour rebrousser chemin sans être remarqué.

C'est bien sa veine ! Cette personne n'était pas censée se trouver là, et elle se dresse maintenant tel un obstacle entre lui et le but qu'il voulait atteindre. Il pourrait chercher à le contourner, faire un petit détour, mais le temps presse. Il doit agir et vite.

Qu'à cela ne tienne, il opte pour le trajet le plus court. Il plante son regard sur la nuque de ce visiteur indésirable, approche lentement, un pas après l'autre, prudemment, puis se lance.

Une petite impulsion le propulse en avant, il bondit puis atterrit dans un mouvement fluide sur la pierre tombale, gardant un œil sur son potentiel assaillant. Encore deux ou trois petits sauts, et le voilà hors d'atteinte. Libre de pouvoir chasser le pigeon ou la tourterelle qui fera office de repas.

David sursaute. L'apparition brusque de cette ombre féline dans son champ de vision le tire de ses rêveries.

Il se redresse depuis sa position accroupie et observe le cimetière qui s'ouvre devant lui. La présence de nombreux chats dans cet endroit, noirs qui plus est, l'a toujours intrigué. Après tout, se dit-il, ce n'est sans doute pas pour rien qu'ils symbolisent pour beaucoup le malheur et la mort. Peut-être errent-ils par ici, dans l'attente de servir de réceptacle à une âme damnée à la nuit tombée, guidés par leur maître Satan ?

Ou peut-être qu'ils ne traîneraient tout simplement pas dans les parages s'il n'y avait pas pour eux l'opportunité d'un bon festin ? La présence de tous ces oiseaux, eux-mêmes attirés par le calme et les nombreuses possibilités d'habitat… ?

Autour de lui, les couleurs de ce milieu de printemps sont généreuses et le temps idéal. Il ne porte sur le dos qu'un t-shirt vert pastel et une veste en jean, sans oublier sa petite sacoche en cuir accrochée en bandoulière sur son épaule gauche.

Les pierres tombales s'étalant à perte de vue sont garnies de bouquets odorants, déposés par les vivants, venus pleurer ou tout simplement rendre hommage à leurs proches disparus.

Le haut mur d'enceinte, prolongé d'un ou deux mètres supplémentaires par une grille peinte de blanc, semble vouloir protéger ce lieu du vacarme et du mouvement incessant du monde extérieur, offrant un sentiment de sécurité, d'intimité et de paix.

L'impact d'un ballon frappé par des enfants dont les cris résonnent dans le lointain retentit sur la grille. Il renoue avec le fil de ses pensées, et pose son regard sur la sépulture qui lui fait face.

Depuis que sa mère est décédée, il a pris l'habitude de s'y rendre assez régulièrement, dès que son agenda le lui permet, pour nettoyer le marbre encombré de feuilles mortes et de vert-de-gris accumulés lors des saisons froides ; remplacer les fleurs fanées réduites à l'état de tiges raides et desséchées par de nouvelles plus fraiches et colorées choisies avec soin chez le fleuriste ; mais aussi et surtout, pour dialoguer avec elle. Un dialogue intérieur qu'il lui adresse, sans vraiment savoir si ses paroles lui parviennent. À vrai dire, il ne s'est jamais posé la question et se moque bien de savoir si cette discussion à sens unique reste prisonnière ou non de sa boîte crânienne. Exprimer sa pensée lui est plaisant, et quand bien même ses paroles ne l'atteindraient pas, elles lui sont adressées et témoignent de l'attention particulière qu'il a pour elle, à cet instant précis.

« Bonjour maman ! Comment vas-tu ? Étrange question… je te l'accorde.

Tu sais quel jour on est aujourd'hui ? Le 25 avril. Ça fait exactement 14 ans jour pour jour que le cancer t'a emportée… 14 ans ! Ça me parait déjà une éternité !

J'ai du mal à réaliser que je ne t'ai connue que 29 ans, et que, si tout se passe bien pour moi évidemment, j'aurais vécu plus d'années sans toi qu'avec toi.

Dire que nous ne nous recroiserons certainement plus jamais. Plus jamais… ces mots me donnent à chaque fois le vertige. Tu m'as mis au monde, nous avons parcouru un bout de chemin ensemble, et la mort nous a séparés pour toujours. L'éternité, c'est long !

Je n'ai pas la possibilité de venir me recueillir très souvent, c'est vrai, mais tu le sais, ce n'est pas parce que je ne viens pas que je ne pense pas à toi, bien au contraire ! »

Une bourrasque plus franche que les précédentes secoue les haies de cyprès et fait danser les platanes jusqu'à leur cime. Le chat noir repasse tranquillement en sens inverse, visiblement bredouille et pas plus inquiété par la présence de David.

« Cet endroit me donne toujours à réfléchir. Toutes ces tombes, ces chapelles funéraires datant, pour certaines, de plusieurs dizaines d'années, la pierre couverte de mousse. Ce sont presque les plus jolies, symboles du temps qui s'écoule. Elles sont là, immobiles, essuyant les années et les saisons.

On m'a dit autrefois que nous mourons depuis la nuit des temps mais que la mort n'avait pas la place qu'elle méritait dans notre culture. S'il y a bien une chose que je ne veux plus perdre de vue, c'est celle-ci. Nous savons que nous allons tous mourir, mais sans jamais prendre la pleine mesure de tout ce que cela implique.

J'ai eu droit à une seconde chance, et je me demande parfois quelle aurait été ta vie si tu avais eu accès à cette conscience toi aussi. Aurais-tu continué à t'accrocher à tes illusions ? Ou bien aurais-tu appris à savourer tout ce qui t'entoure, à accepter la vie comme elle se présente à toi, avec ses hauts et ses bas, à prendre de la hauteur et de la distance par rapport à ton histoire personnelle, tes "circonstances de vie" qui auraient pu revêtir mille et une formes, bien consciente du fait qu'un jour, ce monde à la fois cruel et merveilleux continuera de tourner sans toi ?

On voudrait que notre histoire soit exceptionnelle, que nous soyons le fruit d'une rencontre unique et presque écrite d'avance. Nos parents nous créent et puis, comme tous, sont emportés dans le tourbillon de la vie : le travail, les soucis, les casseroles… et puis à notre tour, nous aspirons à vivre une aventure mémorable, à faire la rencontre la plus incroyable, à mener une vie qui ait du sens, qui laisse une trace. Sans réaliser que l'essentiel est depuis toujours à portée de main et que tout le reste n'est que poursuite du vent. »

Il jette un dernier regard circulaire, pour s'imprégner du décor qui l'entoure. Amorcer le départ lui demande chaque fois un petit effort de volonté. Ce n'est pas tant le fait de s'éloigner du lieu où repose la dépouille de sa mère que de quitter ce petit havre de paix chargé de symbolique et propice à l'introspection. Ces visites sont étrangement ressourçantes et l'aident à rester centré sur l'essentiel.

Comme à son habitude, il s'avance vers la stèle sur laquelle est sertie une photo de sa maman. Il tend la main et y dépose quelques caresses en guise d'au revoir. La manche de sa veste remonte légèrement, dévoilant une cicatrice nette qui court le long de l'intérieur de son poignet et dont la blancheur contraste avec le teint hâlé de sa peau.

« Au revoir, maman. Je reviendrai, c'est promis. Je ne t'oublie pas ».

À mesure qu'il s'éloigne, il se retourne de temps à autre et regarde en direction de la tombe. Il a parfois l'impression que la photo l'observe, suit son départ des yeux, esquissant un léger sourire empreint à la fois de sérénité, de bienveillance et d'un brin de mélancolie.

Il arrive à hauteur des conteneurs, y dépose les fleurs mortes, rend l'arrosoir et la balayette empruntés à la maison de garde, puis retourne dans la rue. Le contraste entre les deux lieux est saisissant. Une odeur d'asphalte chaud mêlée à un relent de bouche d'égout, pas totalement désagréable, lui emplit les narines. Elle lui rappelle ses années d'enfance, lorsqu'il trainait dans les rues avec son frère malgré leur jeune âge, tout le quartier comme terrain de jeu, de Jaurès aux quais du canal de l'Ourcq en passant par le parc des Buttes-Chaumont. Les réminiscences du passé ne proviennent pas toujours de la douceur d'une madeleine dans la bouche, pense-t-il.

Il reste indécis au milieu du trottoir, tournant le dos au cimetière. Il sait que cet après-midi, il dispose du trésor le plus précieux qui soit : le temps.

Il doit se rendre le soir même chez des amis pour une fête d'anniversaire, mais en attendant, un après-midi de totale liberté s'ouvre devant lui. Ces occasions sont rares, mais sont de telles sources de bonheur qu'il a bien l'intention d'en profiter. Le rythme effréné du quotidien est mis entre parenthèses, les heures s'étirent et s'étalent lentement, lui offrant la possibilité de flâner et rêvasser à loisir.

Une promenade au parc des Buttes-Chaumont à proximité parait s'imposer d'elle-même.

À peine a-t-il franchi le grillage d'entrée que tous les stimuli le transportent de nouveau en enfance : l'odeur de verdure, de barbe à papa, de crottin de poney, les cris d'enfants, ces immenses étendues d'herbe parsemées de pâquerettes et la réverbération de la lumière du soleil sur la blancheur des chemins, recouverts d'un enrobé clair, mélange de gravier et de sable.

Il prend tout son temps, savourant toutes ces sensations, respirant à pleins poumons. L'odorat est un des sens qu'il préfère car il lui permet à la fois de voyager dans le passé et de s'ancrer dans le présent.

Il observe les gens autour de lui. Certains sont seuls, allongés sur la pelouse, un livre à la main ou tout simplement en train de profiter d'un bain de soleil, à l'instar de ces personnes âgées assises sur un banc, venues prendre un bol d'air, et dont l'activité favorite semble être de contempler le monde qui les entoure, duquel elles sont probablement plus ou moins exclues.

D'autres sont accompagnés : des jeunes couples d'amoureux roucoulant sur un banc, à quelques mètres de leurs aînés, aux groupes d'amis plus ou moins nombreux et de tous âges, en passant par ces innombrables familles et leurs enfants courant dans tous les sens.

À quoi pensent-ils tous ? Ont-ils eux aussi une conscience exacerbée de l'impermanence, du temps qui passe et de la mort ? Ou bien sont-ils insouciants, inconscients, venus tout simplement profiter d'un moment agréable, se divertir. Mais le divertissement n'est-il pas, comme le soulignait Pascal, un masque, une fuite dans un mouvement incessant pour tourner le dos à toutes ces questions existentielles, et surtout cesser de penser à la plus grande angoisse de l'humanité : notre propre finitude ?

Il s'attarde sur les plus jeunes visiteurs qui jouent, courent, crient, pleurent, dégustent une sucrerie… et songe avec nostalgie à cet âge où tout semble couler de source, où chaque journée est une aventure sans fin, où les inquiétudes du monde adulte semblent bien lointaines. À cet âge, les enfants sont protégés des dures réalités de la vie. Leurs préoccupations se limitent souvent à leurs jeux, à leurs petits conflits et leurs découvertes quotidiennes. Pas de soucis, pas de tracas. Les choses semblent immuables, la vie ressemble à un long fleuve tranquille. À condition, bien sûr, d'avoir la chance de grandir dans un environnement sécurisé et aimant.

Un joggeur cherchant à se frayer un passage à travers la foule le frôle et interrompt le fil de ses pensées. Il se souvient alors, étant plus jeune, pendant ses années de lycée, que lui aussi avait beaucoup couru autour de ce lac, lors des épreuves d'endurance.

À cette époque-là, une fille occupait toutes ses pensées, jour et nuit. Il avait beau essayer de couper court à cette obsession, chaque matin, elle était la première chose qui se présentait à son esprit, et la dernière avec laquelle il s'endormait.

On ne pouvait pas parler d'amour, loin de là, ils avaient à peine flirté ensemble. Une amourette d'été tout au plus. Pourtant, son esprit était resté attaché à elle comme si elle représentait pour lui une échappatoire, un aller simple vers le bonheur. Il avait rapidement saisi que cette obsession, la première à laquelle il avait été confronté, était surtout le signe d'un mal-être et d'un ennui qui imprégnaient sa vie depuis sa sortie des foyers de l'enfance.

Pourtant, il ne parvenait pas à détourner sa pensée de l'ours blanc, et paradoxalement l'analyse qu'il faisait jour après jour de ces mécanismes et de ses états d'âmes, souvent tellement intenses qu'aucune journée ne ressemblait jamais à la précédente, chacune étant marquée par une teinte bien particulière, ouvrit sa conscience et le fit sortir du flot automatique des pensées.

Alors que le chemin sur lequel il déambule bifurque vers la gauche, une des nombreuses issues du parc se présente à lui. Il choisit de sortir afin de poursuivre sa promenade en ville et débouche sur l'avenue Simon Bolivar, sa prochaine destination se dessinant instantanément dans son esprit.

La nostalgie le gagne de nouveau. Il se remémore la fois où, étant à peine âgé de neuf ans, il remontait cette même avenue en sens inverse. Dans un mélange de peur et d'excitation, il avançait d'un pas décidé en direction du domicile de ses parents, laissant derrière lui le foyer de l'enfance qui le pensait sans nul doute en route pour l'école.

Il avait échafaudé ce plan la veille, un dimanche soir, qui marquait la fin de chaque week-end passé en famille, lorsque son père les y avait reconduit son frère et lui. À tort, il avait pensé que la juge pour enfants prendrait cet acte comme une marque de détermination, de volonté si forte de retourner chez ses parents qu'elle déciderait d'abandonner la mesure de placement à son encontre.

Un sourire attendri soulève le coin de ses lèvres. Il visualise le spectre du petit oisillon ébouriffé et chétif rêvant de regagner son nid remonter l'avenue, passer à proximité sans lui prêter la moindre attention, et poursuivre sa route, les larmes au bord des yeux. Plein d'espoir et d'illusions, il avait vite été rattrapé par la réalité, et contraint de retourner à la case départ lorsque sa mère, à la fois étonnée de le trouver devant sa porte un lundi matin et impuissante devant ses sanglots, avait appelé le directeur du foyer pour lui demander ce qu'elle devait faire de lui.

L'aventure et le défi furent brefs, et il craignait à présent que la juge pour enfants ne le prive du retour à domicile les week-ends et vacances scolaires. L'équipe éducative lui avait alors expliqué, avec la plus grande des bienveillances, qu'on ne sanctionnerait pas cet acte, à condition d'en comprendre les motivations. La légitimité et les raisons du placement lui furent rappelés, avec calme et, même s'il comprenait rarement à l'époque ce que les adultes baragouinaient lorsqu'ils se lançaient des monologues interminables, il avait acquiescé, à la fois soulagé et résigné.

Ce petit voyage dans les méandres du passé le mène rapidement aux portes du foyer, rue de Ménilmontant. Le mur d'enceinte est recouvert d'une grande fresque colorée, régulièrement renouvelée par des street artistes en vogue qui se relaient.

Le soleil cogne désormais sur l'asphalte, contrastant considérablement avec ces nombreux dimanches soir d'hiver au cours desquels son père les y déposait. La nuit noire et épaisse, le froid sec et mordant, alourdissaient l'angoisse qu'il ressentait alors.

Il entre par le petit grillage de l'entrée, qui à l'époque était incarné par une porte métallique bien plus lourde et incrustée dans le mur à l'instar d'une porte de prison. Le chêne majestueux qui les avait accueillis au premier jour est toujours là. Silencieux et imposant. Derrière cet arbre, les locaux du foyer n'ont pas changé non plus.

Aujourd'hui, ce grand bâtiment blanc, ancien asile des petits orphelins de Ménilmontant, n'héberge plus les services de l'aide sociale à l'enfance. Le jardin, envahi par le spectre de centaines d'enfants jouant et courant dans tous les sens, s'est mué en un lieu public. On y entre comme dans un moulin. Un peu plus haut, juste à côté du Pavillon de Carré de Baudouin, qui abritait autrefois la lingerie et le « groupe des filles » et désormais transformé en espace culturel, une poignée de jeunes originaires d'Afrique noire danse au son du ghetto blaster tout en fumant de la marijuana dont les effluves lui parviennent aux narines malgré la distance.

Il poursuit son périple à travers les rues du 20ème arrondissement de la capitale, ses favorites. Quartiers autrefois majoritairement populaires et aujourd'hui en phase terminale de bobotisation, chargés de souvenirs de jeunesse et de sensations olfactives en tout genre : encens, nourriture africaine, asiatique, houblon… le tout baigné par une douce chaleur printanière.

Cet après-midi pourrait s'étaler à l'infini, il lui serait difficile de s'en lasser.

Pourtant, chaque chose ayant une fin et les bonnes n'étant pas en reste, il lui faut se mettre en route pour sa soirée d'anniversaire dans la banlieue sud de Paris.

Son arrivée précoce, malgré l'heure de transports en commun nécessaire pour arriver sur les lieux, lui offre l'opportunité de prolonger les plaisirs de la marche. La chaleur et la luminosité déclinent lentement et les couleurs de la fin d'après-midi se teintent de notes bleutées et orangées. Le parc qu'il traverse lui offre un nouveau spectacle, avec ses larges allées bordées d'arbres taillés au carré et ses innombrables statues.

Il savoure sa promenade, tous les sens en alerte, profitant pleinement de l'instant présent. Sa rétine s'abreuve de paysages, son nez d'odeurs de verdure et de printemps.

Des souvenirs remontent à la surface, des rêveries venues tout droit d'un futur hypothétique s'invitent, le monde de l'imaginaire s'en mêle, le tout se mélange au présent, une brèche s'ouvre, il entre dans un profond sentiment de connexion, de transcendance et d'euphorie qui durera plusieurs minutes. Assez longtemps en tout cas pour qu'il se rende compte que l'avance dont il disposait s'est muée en retard. Presque à contrecœur, il actionne son GPS et se rend d'un pas pressé sur le lieu des festivités.

À son arrivée, devant le portail du jardin, il perçoit les bruits qui témoignent d'une ambiance déjà bien en place. On parle, on s'amuse et on rit sur fond musical. Il pousse la porte métallique blanche laissée sans doute délibérément entrouverte pour accueillir les retardataires comme lui. Il franchit le seuil du jardin et constate qu'il y a bien plus de monde qu'il ne l'avait imaginé. La bonne humeur qui règne et l'attitude de certains convives, avachis confortablement sur les banquettes d'extérieur, cocktail ou bière à la main, pourrait lui laisser croire qu'il accuse un retard de plusieurs heures.

Il se fraie un chemin à travers tous ces gens qui, pour la plupart, ne lui jettent qu'un rapide coup d'œil et, constatant qu'ils ne le connaissent pas, lui adressent une rapide salutation avant de renouer avec leur discussion du moment, sans lui prêter plus d'attention.

Le reste de son avancée est parfois ponctué de « tiens, salut ! ça fait longtemps », ou « hey ! comment ça va ? c'est à c't'heure-ci qu'on arrive ? », suivis d'une petite conversation. Il lui faudra finalement une bonne vingtaine de minutes pour traverser le jardin avant d'arriver devant la maison des hôtes.

Le beau temps étant au rendez-vous, la porte d'entrée a été laissée grande ouverte, à l'instar de la baie vitrée, à l'opposé, donnant sur l'arrière-cour où d'autres invités s'adonnent aux mêmes activités. D'où il est, il peut distinguer deux jeunes filles en pleine conversation, cigarette à la main.

C'est alors que son attention se porte sur deux personnes restées légèrement en retrait dans le salon et qui semblent avoir une conversation intime, à l'abri des oreilles indiscrètes : une jeune femme et sa petite fille. Celles-là mêmes dont l'image était apparue autrefois sur le feuillage de l'arbre doré, alors qu'il était plongé dans le coma.

Il reste sur le pas de la porte, sans bouger, et les observe. Elles sont belles. La maman est accroupie, de façon à pouvoir se positionner à hauteur de la petite. Leurs paires d'yeux clairs plongent l'une dans l'autre, et le sourire qui maquille leur visage témoigne de la complicité et la confiance qui règnent entre elles.

La conversation terminée, elles s'enlacent et restent dans cette position un moment, paupières closes et petit sourire de bonheur au coin des lèvres.

Soudain, la jeune maman, se sentant observée, ouvre les yeux et verrouille son regard sur celui de David. Il est découvert. Trop tard pour se détourner ou faire semblant d'être arrivé à l'instant.

Alors la jeune femme, tout en conservant ses yeux dans les siens, glisse quelques mots à l'oreille de la petite fille. Celle-ci tourne la tête en direction de David. À sa vue, son visage s'illumine. Elle quitte les bras de sa mère, et tout en courant vers lui, s'écrie : « papa ! »

Addendum

L'idée de ce roman autobiographique m'est venue en cherchant un moyen de mettre en scène mes dialogues intérieurs. Le lecteur l'aura bien compris, dans la réalité, David et Vida sont une seule et même personne.

Vida est le fruit de toutes mes réflexions face à la souffrance, dans un effort constant pour tenter de la transcender. Il n'est pas ma part d'ombre, au contraire, il est la lumière qui me permet de voir la beauté du monde, d'apprécier la vie.

Il est le « moi » adulte, celui qui a su dépasser bon nombre de ses blocages et pensées automatiques, mais aussi répondre à certaines questions essentielles. Il est une version de mon être plus aboutie, plus éveillée que ne l'était celle du jeune homme de vingt-cinq ans, même si nous savons que l'évolution spirituelle n'est pas plafonnée.

Il est en tout cas plus posé, serein et bien moins en proie à ces angoisses existentielles ou troubles émotionnels, ces derniers trouvant sans doute leurs sources dans les valeurs qu'on nous transmet depuis l'enfance, engendrant des déséquilibres biochimiques dans le cerveau, qui influencent ensuite le comportement.

Je ne m'y connais pas assez en la matière pour m'étendre plus longuement sur le sujet, mais j'ose croire que ce sont ces deux phénomènes combinés qui m'ont causé le plus de torts.

Pour celles et ceux qui se poseraient la question, toute naturelle et légitime : non, je n'ai jamais essayé d'attenter à mes jours. Par lâcheté sans doute, par espoir que les choses s'améliorent, paradoxalement par goût de la vie, en m'accrochant aux bons moments.

L'idée du suicide m'est pourtant bel et bien passée par la tête. Dans ce livre, j'ai quelque peu modifié la chronologie des événements, aussi, l'obsession amoureuse ne faisait pas partie du décor. J'étais alors bien plus jeune, je devais avoir 18 ou 19 ans. Mais cela s'est pourtant passé tel que je le raconte. Je m'en souviens encore comme si c'était hier.

À cette époque, rien n'avait plus de sens pour moi. Je venais de traverser les années les plus horribles de mon existence, les années de lycée. J'étais sorti des foyers trois ans auparavant, à ma demande, et en lieu et place du bonheur et de la liberté que j'escomptais en regagnant le domicile de mes parents, je n'avais trouvé que solitude et souffrance.

D'abord, j'avais perdu tous mes repères. La vie au foyer, et donc en collectivité, pouvait avoir ses nombreux inconvénients, elle était cadrée et rythmée, et donc quelque part, rassurante. Je n'avais pas à me poser de questions. L'équipe éducative décidait pour nous de l'organisation de chaque journée, des tâches quotidiennes jusqu'aux loisirs. Me retrouver tout à coup en roue libre, responsable du moindre de mes faits et gestes, de mes choix, de mon bonheur, de la manière de remplir chaque journée et chaque moment qui la compose constituait une charge trop lourde pour moi. Passer d'un extrême à l'autre sans y avoir été préparé avait provoqué un choc conséquent.

Par ailleurs, quitter les foyers signifiait aussi quitter tous mes camarades, avec qui je passais mes jours et mes nuits. Nous étions incroyablement proches, soudés par la galère commune, nos liens étaient forts. Et malgré toutes les vicissitudes de la vie, nous tournions tout à l'humour, et passions le clair de notre temps à nous taquiner, à rire de tout et de tous.

Je me trouvais incapable, faute de connaissance des codes sociaux, de nouer de nouvelles relations. Sans parler du fait que notre situation familiale n'était pas des plus reluisantes et que notre grande pauvreté devait suinter par tous les pores de ma peau. Les jeunes tendent à fuir ce genre de profil auquel ils ne veulent absolument pas être identifiés. Et je les comprends…

Pour couronner le tout, c'est pendant ces années que maman fut internée pour la première fois, et qu'a débutée la décennie infernale au cours de laquelle s'enchaînaient des allers et retours incessant dans les hôpitaux psychiatriques et les changements de personnalité au gré des expérimentations médicamenteuses.

Je restais donc concentré sur mes études, tâchant d'avancer à travers l'existence comme un automate. Ce chemin finirait bien par me mener quelque part, et si mes résultats scolaires étaient bons, je pourrais éventuellement envisager un bel avenir professionnel et tout ce qu'il me permettrait en termes d'indépendance financière.

L'année du baccalauréat est arrivée et avec elle, une première grande question à laquelle je n'ai jamais réussi à répondre, pas même aujourd'hui : que faire de ma vie ?

J'avais eu beau, avec l'aide d'une de mes sœurs ainées, écumer des listes interminables de fiches métiers, rien ne m'attirait. Aucune étincelle, aucun engouement.

Alors, puisqu'il fallait choisir, qu'à cela ne tienne, je me suis lancé dans un BTS Tourisme. J'étais doué en langues vivantes, le secteur promettait d'offrir des débouchés multiples. Ça ferait au moins taire les interrogations et l'angoisse qui allait avec pour un petit moment.

Mais, c'est en débutant les cours, à la rentrée suivante, que je me suis rendu compte qu'il ne suffisait pas de choisir une voie au hasard et de laisser les choses se faire d'elles-mêmes.

Le manque de sens m'a vite rattrapé, au bout de quinze jours à peine, je ne parvenais plus à absorber le moindre mot de la part des professeurs, je ne me projetais plus. Et ce d'autant que la filière choisie nécessitait de se mettre constamment en avant, d'apprendre à parler à un auditoire. Je n'en étais pas conscient et, à l'époque, je tentais encore de me voiler la face, mais les cours de communication étaient incompatibles avec mes crises d'angoisse.

Un midi, à la recherche d'un endroit calme pour méditer à propos de l'avenir que je réservais à mes études, et surtout à cette filière en particulier, je me suis dirigé vers la bordure du périph', un menu de chez *McDonald's* dans mon sac à dos. Je me suis posé sur un petit muret. Les voitures filaient devant moi à toute allure, il faisait incroyablement chaud pour un mois de septembre. J'ai ouvert mon sac afin d'entamer mon déjeuner, lorsque j'ai découvert que la boisson s'était renversée, imbibant à la fois mon repas, et les fournitures scolaires : ma trousse, mon agenda… tout était trempé de *Coca-Cola.*

Je ne suis pas le genre de personne qui voit facilement des signes envoyés par l'univers, j'avais pourtant bien voulu prendre celui-ci comme tel. C'était la goutte de soda qui avait fait déborder le vase.

Le soir même, alors que j'avais convenu d'aller acheter les livres scolaires avec mon père – livres qui, au passage, coûtaient horriblement cher – j'avais décidé de lui partager mon intention de mettre entre parenthèses mes études, au moins le temps de réfléchir tranquillement à ce que je pourrais bien faire par la suite.

Interloqué, pris au dépourvu, il n'a pas su me répondre autre chose qu'un « c'est toi qui vois ! », à la fois sur un ton sec et d'un air décontenancé. Sa manière à lui de me signifier « je ne peux pas t'empêcher de prendre une telle décision, mais bon... où est-ce que ça va te mener ? »

Il m'a invité à entrer dans sa voiture, et puisque les plans de la soirée avaient changé, m'a emmené faire des courses. Je ne l'ai pas suivi dans le magasin et suis resté assis dans son utilitaire professionnel, côté passager.

La fenêtre de la voiture était ouverte. Je sentais l'odeur de l'asphalte chaud. Le ciel s'était couvert de lourds nuages gris, comme à l'approche d'un orage d'été. Mon esprit évaluait la situation, et semblait boucler sur tous les obstacles qui se présentaient à moi : maman, sa santé, les soins constants... plus d'études, pas de travail... je suis seul, qu'est-ce que je vais devenir maintenant ? Trouver ma voie d'ici la prochaine rentrée, mais après ? Travailler, trimer, payer des impôts, obligations, charge mentale... sans répit, sans fin...

À mesure que le désespoir m'envahissait, mon esprit semblait chercher par la même occasion une porte de sortie, qui a fini par se présenter d'elle-même : la vie étant bien trop difficile, autant la quitter le plus tôt possible !

Sans vouloir entrer dans le mélodrame, cette pensée s'était présentée à moi comme une évidence. Une porte de sortie à tous mes problèmes, et plus je me la répétais intérieurement, plus je ressentais les bienfaits qu'elle me procurait. L'angoisse et le désespoir cédaient, je pouvais sentir l'enveloppe dans laquelle ils m'emprisonnaient craquer et laisser place petit à petit à la lumière et à l'oxygène.

Le gris de Paris, l'asphalte chaud, l'utilitaire de papa... tout m'était alors apparu sous un jour nouveau. Beau, apaisant.

J'étais convaincu. Il ne me restait plus qu'à trouver la manière. Une qui ne me fasse pas souffrir et qui épargnerait à ma famille une vision d'horreur. Ce n'était pas une mince affaire. Et en fin de compte, peut-être que le temps que je pris pour répondre à cette question a contribué à plonger cette idée dans l'oubli que j'ai finalement abandonnée, faute d'avoir trouvé une solution satisfaisante.

« Il n'y a qu'un problème philosophique sérieux, c'est le suicide » disait Camus, soulevant une question fondamentale sur le sens de la vie et de l'existence humaine. Ma vie vaut-elle la peine d'être vécue malgré l'absurdité intrinsèque de l'existence ?

Le suicide devient une réponse possible à l'absurdité, nous permettant d'échapper à la souffrance, qu'elle soit physique ou morale, et au vide existentiel.

Camus encourageait une autre réponse face à l'absurdité : choisir de vivre pleinement sa vie, même si l'on sait qu'elle est dépourvue de signification ultime. Ce qui implique de trouver sa propre valeur et ses propres significations dans les expériences de la vie quotidienne, dans les relations avec les autres et dans la création d'œuvres artistiques ou intellectuelles.

Sans en être conscient à l'époque, j'avais choisi cette réponse : accepter la réalité telle qu'elle est, vivre pleinement malgré le manque de sens apparent, et même trouver une certaine forme de bonheur dans cette acceptation.

Je n'ai pas la prétention d'avoir ici résumé l'ensemble des souffrances humaines, minimisant par là même celles que traversent les uns et les autres. Souffrance qui, par ailleurs, reste inévitable dans une existence d'homme.

Je ne sais pas ce que représente le fait de grandir dans un pays pauvre ou en guerre, ni d'être dans le manque. Lorsque j'ai été confronté à la pauvreté et à la faim, j'étais trop jeune pour en souffrir.

Je ne sais pas non plus ce qu'est perdre la santé, pour de bon. Il m'est arrivé, au moins à deux reprises, d'avoir des soucis assez sérieux pour me faire vaciller, et j'ai alors vu voler en éclats tous les beaux principes que j'encourage à travers ce livre. On le répète aujourd'hui assez machinalement, à tel point que cette phrase a perdu de son poids, mais la santé reste l'un de nos plus beaux cadeaux.

Je crois néanmoins que nos souffrances spirituelles, nos angoisses existentielles, et donc leurs solutions, se ressemblent beaucoup : le mal-être, la quête de sens, la difficile acceptation du caractère absurde de l'existence et de la condition humaine, la solitude, la peur de la mort… Et c'est pour cela que j'ai tenu à offrir l'intimité de mon âme.

La vie est courte. La vie est précieuse, riche, intense. La vie est ce qu'elle est et je crois que nous n'avons pas d'autre choix que de composer avec ses douleurs et ses peines. Que l'on y adhère ou que cela nous révolte n'y changera rien. Alors autant l'embrasser, tant qu'il est possible.

Je me balade parfois seul dans Paris. Mon activité favorite et propice aux extases. Je m'amuse de traverser des lieux et me souvenir que j'y étais passé plusieurs années auparavant, le cœur meurtri de douleur, à cause d'un événement quelconque – une rupture amoureuse souvent – et que j'y retourne à présent l'esprit libéré de tous ces poids et tourné vers l'essentiel.

J'aimerais être capable de dire à ce moi du passé de ne pas s'arrêter à cette souffrance et ces conditions de vie. Elles sont éphémères. Rien ne dure, quand bien même nous y sommes fortement attachés. La vie elle-même ne fait pas exception. La douleur passe, les conditions de vie changent. Tout n'est qu'illusion. Seule la saveur d'être compte. En prendre conscience demande du temps et traverser parfois par ces moments de douleur. Là est toute l'ambiguïté.